LE TARTUFFE NOUVEAU

Collection « Théâtres »

dirigée par Denis Pryen et Jérôme Martin

dernières parutions

Corinne FRANCOIS-DENEVE, *Scènes de la vie théâtrale*, 2014.
Christophe PETIT, *Des garçons comme s'il en pleuvait*, 2014.
Julie ABECASSIS, *Se taire tue, parler aussi ; pas les mêmes*, 2014.
Irène KRASSILCHIK, *Il m'est arrivé quelque chose*, 2014.
Bernard H. RONGIER, *Dernières nouvelles de William S.*, 2014.
Aurélie VAUTHRIN-LEDENT, *C'est l'histoire de la famille de l'amour... non, c'est pas ça...*, 2014.
Laura & Stéphane HURT, *Quand Jésus rencontre Freud. Suivi de Vers un Temps*, 2014.
Jean-Paul INISAN, *Philo-Circus, Tragi-comédie en deux actes et un épilogue*, 2014.
Agnès CHAMAK, Julie ESTRADY, Odile HULEUX, *Maison close*, 2013.
Florent MEYER, *Au sang !*, 2013.
Ghislaine BIZOT, *Hors jeux*, 2013.
Maud TRIANON, *Guerre parlée. Monologues de guerre*, 2013.
Elie VOLF, *La longue vie du savant Eugène Chevreul (1786-1889). Entretiens Chevreul-Faraday et Chevreul-Nadar*, 2013.
Jacqueline ZINETTI, *Le chien dans l'arbre*, 2013.
Bernard FAIDUTTI, *Le Voyage d'Albert Speer dans sa prison*, 2013.
Michel CORNELIS, *Manoir – saison 13*, 2013.
Jacqueline ZINETTI, *Deux femmes pour l'éternité*, 2013.
Jean-Marie SIRGUE, *Capitaine Le Jan*, 2013.
Daniel BOUKMAN, *Liwa Lajan. L'argent roi. Adaptation en langue créole de Martinique du Plutus d'Aristophane*, 2013.
Bernard BACHELOT, *L'Alibi. Un échec de Louis XIV en Algérie*, 2013.
Eve NUZZO, *Fragments d'une petite comédienne de campagne* suivi de *Ouf*, 2013.
Nicky ATTIKI, *Le fils du psychiatre. Pièce en trois actes*, 2013.
Laurence HUARD, *J'étais Comtesse en mon pays...*, 2012
Claire CARLUT, *Dans la grâce des Ténèbres*, 2012.
Moni GRÉGO, *Un père pied-noir. Suivi de Hier*, 2012
Stéphane PATRICE, *L'île d'Arros*, 2012.
Bernard H. RONGIER, *L'impromptu de San Lorenzo*, 2012.

Jean-Pierre PELAEZ

LE TARTUFFE NOUVEAU

-Deuxième volet de la TRILOGIE MOLIERE-

d'après Le *Tartuffe*, de Molière

Préface de Michel Maffesoli,
Professeur à La Sorbonne

L'Harmattan

DU MEME AUTEUR

LE BARILLET -Exercices de Théâtre- *Préface de Philippe ADRIEN - CADEX Editions 1986 / 1990 / 1994 Epuisé*

LES EXPLORATEURS - *Préface de Claude PIEPLU CADEX Editions - 1988*

LE BARILLET -Variations Dramatiques- précédé de "*Lettre à Mr le Directeur du Centre Dramatique National de M... CADEX Editions - 1992 Epuisé*

MONSIEUR MARCEL *ou De la Communication* - *Préface de Stephan MELDEGG - Editions du LAQUET / TERTIUM (Théâtre en Poche) - 2001*

LE *Nouveau* BARILLET - *Préface de Jean-Michel RIBES Editions de la TRAVERSE - 2001*

MONSIEUR CALIXTE *ou de la Réalité*
Editions de l'HARMATTAN (Th. des Cinq Continents) - 2003

"Le Molière à toutes les sauces" *in RECETTES et SECRETS d'AUTEURS - Editions du LAQUET / TERTIUM - 2002*

"Fantômatique" ***(extrait du BARILLET)*** *in LA PLUS GRANDE PIECE DU MONDE – Ed. de l'AMANDIER - 2002*

THE REVOLVER - *Préface de Ralph YARROW - (36 variations du BARILLET, traduites en anglais par F.Dalmasso/R.Baines)*

POLIT'CIRCUS - *Préface de Philippe GOUDARD Editions de l'HARMATTAN (Th. des Cinq Continents) - 2004*

LES SINGES SAVANTS - *Préface de Georges BÉGOU Editions DOMENS - 2005*

EXPERIMENTA I -Théâtre à une voix- *Ed.DOMENS - 2008*

LE BARILLET I -Exercices de Théâtre- *Ed.DOMENS 2011*

LE BARILLET II -Exercices de Théâtre- *Ed.DOMENS 2013*

5-7, rue de l'École-Polytechnique, 75005 Paris

http://www.harmattan.fr
diffusion.harmattan@wanadoo.fr
harmattan1@wanadoo.fr

ISBN : 978-2-343-03689-2
EAN : 9782343036892

PREFACE

Tout en rêvant à partir du Tartuffe Nouveau de Jean-Pierre Pelaez...

Le texte de la pièce de théâtre que nous présente Jean-Pierre Pelaez est fait pour être lu et pour être joué. Normal me direz-vous, c'est le cas de tous les textes que présentent des auteurs de théâtre. Eh bien, je ne le crois pas, ou du moins, je pense que celui-ci a un rythme, une langue et un contenu qui le rendent particulièrement adapté à un public populaire contemporain.

C'est bien là le talent de Jean-Pierre Pelaez : vouloir et pouvoir être un auteur populaire.

De quoi s'agit-il en effet, d'un «Tartuffe nouveau» écrit d'après *Le Tartuffe* de Molière. Les personnages sont comme dans la plus célèbre des pièces de Molière, une famille, père, belle-mère, fils et fille, plus la grand-mère et le beau-frère, famille confrontée aux manipulations d'un «Tartuffe», qui au lieu d'être un hypocrite pieux est une sorte «d'humanitaire pour caméras de télévision».

Comme chez Molière, le Tartuffe leurre le père, couche avec la mère et drague la fille. Comme chez Molière, c'est la servante, personnage essentiel, en ce qu'il incarne le bon sens populaire, qui déjoue le complot : en l'occurrence c'est une jeune-fille au pair colombienne.

Bref, comme dans toute comédie de notre auteur national, tout se finit bien, le dénouement (aussi peu crédible que chez Molière) en appelle à un «Bi-président», de «gôche» et «libéral» qui, par une sorte de miracle, emprisonne Tartuffe et redonne ses droits à la famille.

Pur décalque donc que ce «d'après», qui est aussi un «à la manière de». Et pourtant nulle artificialité dans ce projet : l'écriture en alexandrins est plus fluide que bien des textes contemporains qui pratiquent une soi-disant «langue orale et populaire» qui n'est que le masque de l'incurie de l'écrivain. Le passage de la piété à l'engagement humanitaire est totalement crédible, il reprend ce que disait le vieux Marx sur la «politique comme forme profane de la religion». Les personnages caricaturaux sont convaincants et l'on est loin d'un exercice d'école.

Les alexandrins en «français hispanisé» de la jeune fille au pair sont particulièrement drôles.

Bref, ce texte se lit aisément, il emporte l'adhésion, il donne à penser et à rêver. Très précisément en ce qu'il est en pertinence avec l'esprit du temps. Et exprime bien l'atmosphère mentale de l'époque !

Car Jean-Pierre Pelaez met une belle technique d'écriture au service d'une pensée libre et roborative. Celle qui justement dénonce la «bienpensance» d'une partie de la société, celle de l'opinion publiée, celle des hauts fonctionnaires (le père berné est diplomate), des politiques (Krüger, le Tartuffe, qui devient Kroucher dans la bouche de Consuelo), des médias (en arrière fond, il s'agit sans cesse de préparer des émissions de télévision). Au contraire, ce sont les jeunes (notamment les jeunes gens, le frère et le jeune fiancé), les domestiques (la jeune fille au pair) et l'on dirait, le représentant de la société civile (l'avocat) qui ont compris, très tôt, l'imposture.

L'imposture «tiers-mondiste» de ceux qui transportent des sacs de riz devant les caméras au lieu d'aider leur voisin, l'imposture médiatique des reportages lointains au mépris du concret proche, l'imposture politique, qui mesure tout programme à l'aune de son impact dans le petit monde de la «bienpensance». Imposture aussi d'une dramatisation du monde, d'une mise en scène morbide du malheur, autre manière obscène de figurer l'impuissance du politique à améliorer le vivre-ensemble.

Par son écriture, son souci d'une langue à la fois claire, quotidienne, mais ciselée et rythmée, Jean-Pierre Pelaez témoigne d'un vrai respect du public et d'une vraie passion pour le théâtre. Et le partage des passions, des émotions et divers affects, n'est-ce point tout cela qui va, en son sens fort, caractériser le vivre-ensemble postmoderne ?

Michel Maffesoli
Professeur à la Sorbonne

SUR LA VERSIFICATION

Le principe de cet ouvrage est de conserver la structure en cinq actes de la pièce de Molière, et l'écriture en alexandrins.

Cependant, il ne m'a pas semblé utile de garder systématiquement la césure classique : on trouvera donc diverses formes de césure, et des procédés de versification bien postérieurs à Molière.

De la même façon, la diérèse n'est pas toujours appliquée.

L'auteur

à Gérard Gélas

à Françoise

PERSONNAGES

MME BOYARD, *mère de François*........... *Marie PAGES*

FRANÇOIS, *mari d'Irène* .... *Damien REMY*

IRENE, *femme de François* .... *Sabine SENDRA*

VINCENT, *fils de François* .... *Lucas GENTIL*

MARIANNE, *fille de François*............ . *Olivia FOUREST*

PATRICE, *amoureux de Marianne*.... *Bertrand CAUCHOIS*

KRUGER, *pseudo-humanitaire*.........*Jacky NERCISSIAN*
....*Jean-Marc CATELLA*

CONSUELO, *employée de maison*.......*Théodora CARLA*

ROLAND, *beau-frère de François* .... *Guillaume LANSON*

MAITRE FAUCON, *huissier mutualiste*.......................

LE COMMISSAIRE......................*Bertrand CAUCHOIS*

La scène est à Paris

LE TARTUFFE NOUVEAU, deuxième volet de la *Trilogie Molière*, -commande de la Ville de Béziers- a été représenté pour la première fois du 14 au 24 novembre 2013, à Avignon, au Théâtre du Chêne Noir, dans une mise en scène de Gérard GELAS.

LE TARTUFFE NOUVEAU

ACTE PREMIER

SCENE 1

Mme Boyard, Irène, Roland, Vincent, Consuelo, Marianne

(Voix off, en coulisses)...

MME PERNELLE

Allons, Flipote, allons, que d'eux je me délivre !

ELMIRE

Vous marchez d'un tel pas qu'on a peine à vous suivre.

MME PERNELLE / MME BOYARD

Laissez ma bru, laissez, ne venez pas plus loin !
Ce sont toutes façons dont je n'ai pas besoin...

ELMIRE /IRENE

De ce que l'on vous doit envers vous on s'acquitte...
(entrant, avec les autres personnages, derrière Mme Boyard)
Et je ne comprends pas que vous partiez si vite !

MME BOYARD

J'en ai assez de voir ce qui se passe ici ;
Des malheurs de ce monde on n'a pas le souci,
De la misère humaine on se fiche vraiment !
Et comment l'on raisonne... Ah oui, c'est consternant !
Je n'ai jamais vu pire individualisme ;
Tout dans cette maison transpire l'égoïsme,
Et cet hôtel, ma foi, est bien particulier !

CONSUELO
Pourtant cé né pas faux, Madama, d'affirmer
Qu'on né po récéboir tous los paubrés del Monde
Et touta la missèr, Dios sait qu'elle est profonde,
Et bous né débez pas...

MME BOYARD
Oh ! Vous la bonne à rien
Qui vous mêlez de tout, sauf de faire le bien,
Epargnez-moi l'ennui de vos vérités molles,
Avec en plus l'accent d'une vache espagnole !
Vous nous venez tout droit, dit-on, de Colombie,
Vous êtes, paraît-il, étudiante à Paris :
Je ne sais où mon fils vous a récupérée,
Mais vous auriez mieux fait, entre nous, d'y rester !

VINCENT
Hé ! Grand-mère, ou je rêve ou vous nous tenez là
Un propos xénophobe et je ne pensais pas...

MME BOYARD
Mon petit fils, vous n'êtes qu'un impertinent !
Votre grand-père et moi étions des militants
De gauche, et nous avons sans relâche lutté
Pour tous les droits de l'homme et la fraternité,
Dénoncé en tous lieux les discriminations :
Alors gardez pour vous vos insinuations !
Je sais vos théories, je connais votre prose
Et j'ai lu récemment de vous certaines choses
Qui m'ont faite frémir ! Des écrits populistes !
Et je crains que bientôt, devenu journaliste,
Vous vous laissiez, mon cher, instrumentaliser,
Par des esprits fachos !

MARIANNE

Oh, vous exagérez !
S'il est vrai que parfois mon frère est redoutable...

MME BOYARD

Vous n'êtes, ma petite, qu'une irresponsable !
Je sais ce que vous dites et ce que vous pensez
Et dans quel univers futile vous vivez !
Vous n'avez de souci que de vos amourettes,
Vos histoires de cœur vous font perdre la tête !
Sachez-le, ma jolie, les femmes de mon temps
Prenaient leur condition et leur engagement
Social ou culturel un peu plus au sérieux
Que vous. Assurément, vous vous porteriez mieux,
Si vous luttiez un peu pour défendre vos droits,
Au lieu de divaguer, dire n'importe quoi...

IRENE

Les femmes d'aujourd'hui ne sont pas moins présentes
A rappeler nos droits, et tout aussi ferventes...

MME BOYARD

Oh ! Vous, ma belle-fille, et sans vous chercher noise,
Je vous trouve légère, un tantinet bourgeoise :
Vous feriez mieux d'agir...

IRENE

Oh, mais nous agissons
Aussi ! Avec les gens de mon association,
Désirs de Changement ; et en tant que parents,
Et sur l'éducation et sur l'enseignement,
Nous faisons des débats...

MME BOYARD

Des débats ?! Des parlotes,
Vous dis-je ! Vos actions sont toutes bien pâlottes :

Vous dites militer, ma chère belle-fille,
Et pour l'éducation, et les droits des familles !
Commencez par veiller à la vôtre d'abord,
Car tout ce que j'entends ici m'irrite fort ;
Et mon ex belle-fille, hélas, qui est partie,
Avait plus de jugeote et de pédagogie !
Elle inculquait à tous, surtout à ses enfants,
Les valeurs, les vertus de nos engagements !

ROLAND

Madame, enfin, pourquoi voulez-vous tout savoir ?
Tout en ce lieu n'est pas si tragique et si noir !
Je ne crois vraiment pas que vos façons de braire
A tous, à tout propos...

MME BOYARD

Vous, Monsieur, l'ex beau-frère,
Vous êtes, nous dit-on, un très bon avocat :
Eh bien, sachez que moi, je ne le pense pas !
Car pour vos idéaux et pour vos arguments,
Je les trouve bien plats, et par trop complaisants.
Ce qui s'est fait en France autrefois fait rougir,
Mais jamais vous n'avez le moindre repentir ;
Et dans vos plaidoiries, dans vos conversations,
Jamais vous n'évoquez la colonisation,
Tout ce que les Français ont fait en Algérie,
Sans compter sous le gouvernement de Vichy !

ROLAND

C'est faux ; mais sur ce qui se fit alors en France,
Je mets tout simplement un peu plus de nuance.
Oui, faut-il que sans cesse on rabâche et redise
Sur nos concitoyens les pires des sottises,
Qu'on traite les Français d'immondes collabos,
Ou bien qu'on les accuse d'être des fachos,
Des racistes bornés, d'affreux colonialistes ?

Un peu comme tous ces aboyeurs conformistes
Ces braillards actuels, héros rétro-actifs,
Résistants d'après-guerre et adeptes tardifs
D'une cause gagnée, d'un combat fantastique,
Grands donneurs de leçons d'histoire anachronique,
Et qui auraient été les premiers sous Vichy
A se coucher devant les bottes des nazis...

VINCENT

Faut-il, comme certains, et du matin au soir,
Montrer que pieusement on a fait son devoir,
En agitant ses bras, à la façon des poulpes,
Se flageller cent fois, et se battre la coulpe ?

MME BOYARD

L'image est détestable : abaisser à des pieuvres
Des gens qui se dévouent et mettent tout en œuvre
Pour demander pardon à ceux que notre France
A pu faire souffrir et par leur repentance...

VINCENT

Si je vous comprends bien, le seul homme en ce lieu
Qui doit entièrement avoir grâce à nos yeux,
Qui fait et dit partout et toujours ce qu'il faut,
Qu'il nous faut révérer et traiter en héros,
C'est votre bon Krüger ; et ses seules actions
Sont en accord total avec vos conceptions !

MME BOYARD

C'est un être admirable et que j'apprécie fort,
Et je trouve qu'ici on le critique à tort !
C'est un homme de cœur, pétri d'humanité
Et vous feriez tous bien, je crois, de l'imiter !

VINCENT

Non, mais je rêve ou quoi ?! Et de quoi je me mêle !?
Vous voudriez que moi, je prenne pour modèle

Ce Saint-Bernard mondain, cet infâme arriviste,
Ce Tartuffe nouveau, ce pseudo-altruiste,
Qui prétend incarner la cause humanitaire,
Mais qui un peu partout exploite la misère ?!
Et moi, qui suis chez moi, que chez moi je supporte
Un salaud qu'on aurait dû flanquer à la porte ;
Et que cet imposteur vienne faire la loi,
Et me tyranniser toute l'année chez moi ?!
Son charity-bissness me dégoûte, m'écœure,
Et le parti qu'il tire à montrer ceux qui pleurent !
On le voit sans arrêt flatter tous les fripons,
Qui font des miséreux des sujets d'émissions,
Tous ces animateurs qui jouent les charitables,
Mais qui ne voudraient pas d'un clochard à leur table ;
Il va partout sonner le tocsin ou la cloche,
Mais il n'est rien de plus que la mouche du coche ;
Et peut être qu'un jour sa basse politique,
Son grand charitarisme et ses shows médiatiques
Le feront secrétaire en un gouvernement,
Mais pour moi et pour parler ici franchement,
Je trouve que mon père est véritablement ballot
De croire en son mérite et d'aider cet escroc !

MME BOYARD

Tout propos excessif est insignifiant :
Je ne répondrai pas à vos débordements
Verbaux ! Mais votre père a tout à fait raison
De louer ce grand homme et croire qu'il est bon ;
Il fut bien inspiré d'en faire son ami
Et, pour mieux l'assister, de le prendre chez lui !
Et s'il entre bientôt dans un gouvernement,
Ce sera, à mon sens, mérité amplement ;
Ce sera un bienfait, je vous le dis, mon cher,
Et nous aurons ici tout lieu d'en être fiers !

VINCENT

Bien sûr ! Qu'il participe à un grand Ministère
Où l'on fabriquera un peu plus de misère :
Ainsi votre Krüger sera indispensable
Encore plus qu'avant à ses pauvres semblables !
Eh bien, moi, je vous dis, et je vous le répète
Qu'il abuse les gens par toutes ses sornettes,
Qu'il soit tout ce qu'il veut, épate les gogos
Et des télévisions tous les nouveaux cagots,
Mais il ne viendra pas régenter ma maison
Et nous importuner de toutes ses leçons !
Ses préceptes moraux, ses niaiseries altruistes,
Ses airs de m'as-tu vu, ses poncifs humanistes
Ne m'impressionnent pas ; je n'ai jamais connu
Un prétentieux pareil, et un pareil faux-cul !

CONSUELO

Oui, si ça continou, et abec sas léssons
Il séra débénou lé maitré dé maisson !
Sous prétexte qué y a oun counflit, ouna guerre,
Il faudrait qu'on débienne tous houmanitaires ;
Il rélèbé partout des propos dits racist',
Quiconque a dou bon sens est traité dé fascist' ;
Il n'est pas oun sol iour sans qu'ouna pétition,
Né fassé ploussiors fois lé tour dé la maisson !
Quand oun penssa qu'ici oun iour il arriba,
Qu'il n'abait pas lo moindré sou, et qué mêma
Il portait oun habit, qu'il était rapiécé,
Il dissait, répétait, qu'il abait tout donné
A des missérablès, et mêma sa maisson...

MME BOYARD

C'est tout à son honneur : il rentrait du fin fond
De la Terre ! Il venait de régions en guerre,
Où il soignait les gens, soulageait la misère,
Il venait de passer des années en Afrique,

Où il avait filmé des images tragiques
D'enfants mourant de faim dans des contrées arides,
Victimes oubliées d'horribles génocides.
Il avait consacré tous ses biens, sa fortune,
Pour tous ceux que l'on voit dans la pire infortune !

CONSUELO

Ça, c'est loui qui lo di : ié sérais étonné
Qu'il ait fait braiment tout cé qu'il a raconté !
Ié né crois pas qu'il soit si pobré qu'il lé dit
Et qu'il pensé aux sautrès beaucoup plous qu'à loui ;
Car oun iour qu'il allait à la télébission,
Où il débait parler dé touté ses sactions,
Ié fou très sétonné, tout à coup, dé lé boir
Abec des beaux biyous, oun costoumé dou soir
Qui pour oun altrouiste et oun hommé dé bien
Etaient braiment bissar...

MME BOYARD

Cela ne prouve rien !
Il est pour son combat contraint d'aller souvent
A la télévision, de se mettre en avant,
D'aller dîner en ville ou dans les ambassades,
Mais tout cela en fait n'est que pure façade :
Lorsqu'il paraît, il faut qu'il soit bien habillé...

VINCENT

Pour la télé, c'est vrai, notre apôtre est zélé !
Il y passe sa vie ! Nul besoin de prière :
Et on le vit un jour virer sa secrétaire
Pour avoir trop tardé à joindre un rédacteur
Qui voulait l'inviter au Journal de Vingt Heur's !

CONSUELO

Ça n'est pét-êtré pas la ouniqua raisson
Et il y a, ié crois, oun autr'essplication...

ROLAND

Pour passer à l'écran, avec l'Abbé Saint-Paul,
Il est toujours très prompt à mettre le faux col.
On le voit souriant et auprès du saint-homme
Gloser sur la misère et sur les Droits de l'Homme,
L'autre avec son béret et sa pauvre soutane
Lui avec son smoking et tout ce qui émane
De lui. Et cependant, au prêtre il se compare ;
Mais après l'émission leurs chemins se séparent,
Et leurs emplois du temps soudainement diffèrent :
L'un rejoint ses salons, l'autre son presbytère,
L'un va au monastère et l'autre à son hôtel,
L'un dans une cellule et l'autre à ses cocktails !

CONSUELO

Oui, pour faira lo bien, né bous déplaiss à bous,
Il n'y a pas béssouin dé lé montrer à tous !

MME BOYARD

Ne comprenez-vous pas qu'il fait toutes ces choses
Et pour les malheureux et pour la bonne cause ?!

VINCENT

Sa cause à lui surtout ! Quant à ces pauvres gens,
Pour lesquels il s'engage, ils sont bien méritants
D'être ses pourvoyeurs et ses faire-valoir
Pour qu'il brille partout et qu'il se fasse voir !

MME BOYARD

On devrait de cet homme élever la statue,
Et les pauvres au moins savent quel est son dû !

ROLAND

Non, c'est lui qui devrait leur dresser des statues
Pour les remercier d'avoir été promu :
Grâce à eux, *(riant)* il aura son poste de ministre !

Et je trouve cela particulièrement sinistre,
Qu'on se serve...

CONSUELO *(riant avec Vincent)*
Oui, c'est vrai, il po ssé réchouir
Qu'il y ait tant dé pauvr' : ça lé fait bien rélouir !
C'est son fond dé commerce ; et après sa bénou
Ils sont braiment contents dé l'être encora plou !

MME BOYARD
(à Vincent, riant avec Consuelo et Roland)
Vraiment, mon petit-fils, vous êtes un idiot !
Il ne vous manquait plus que cette Consuelo !
Je ne supporte plus cette bonne espagnole...
Ou colombienne... Enfin, ses propos sont ignobles !
Et les vôtres aussi... J'en mélange mes rimes,
Mes pieds ! Espagnole et ignoble ! Ah, ça ne rime
Pas ! Je pars... Je suis trop en colère... Au revoir !
Non !... Vous n'êtes pas près ici de me revoir !
(Elle sort furieuse, manquant de tomber, embrouillant son discours, ses vers, ses rimes et ses pieds)

SCENE 2
Roland, Consuelo

ROLAND
Que cette vieille femme est pénible, vraiment !
Quelle passion pour son Krüger, quel engouement !
Si on lui a ôté l'envie de revenir,
C'est tant mieux !

CONSUELO
Ça c'est rien, car soun fils, c'est bien pir' :
Il a pour son héross ouna fascinationn !
Il n'en a qué pour ses discours et ses sactionns,
Il parlé qué dé loui, il en a plein la tête...

ROLAND

Je le sais bien, et c'est, d'ailleurs, ce qui m'inquiète :
Son fard humanitaire et toutes ses postures
Sentent de plus en plus l'arnaque et l'imposture.
Mon beau-frère s'emballe et ne voit même pas
De son Krüger le jeu et tout le tralala !
Quelqu'un qui l'a connu, au cœur de ses actions,
Me racontait qu'un jour, avec ses compagnons,
En un lieu reculé d'Amérique ou d'ailleurs,
Il recherchait des gens pour filmer sa grandeur.
En un village il trouve un homme exténué ;
Après l'avoir devant la caméra soigné
Pour une atteinte au cœur comme pour la colique,
En lui administrant des antidiarrhéiques,
Au fond du quatre-quatre, il l'emmène en acteur
Pour la suite du film héroïque en couleurs.
Mais l'homme était à bout, il mourut en chemin :
"On le laisse, dit-il, il ne sert plus à rien !"
Il débarque le mort et repart illico
Chercher d'autres sujets pour grandir son ego
Altruiste, et laissant les autres s'occuper
De rendre le défunt ou le faire enterrer !

CONSUELO

Moi aussi, ié connais cé ienre dé personnas :
En Coloumbie, ils bienn' abec des caméras
Filmer los malhoros et aussi los sindiens,
Et pouis ils rentr' en France en personnas dé bien
Et ils sé font passer, car on les connaît pas,
Auprès de los idioss, pour cé qu'ils né sont pas !

ROLAND

C'est aussi mon avis, mais cette relation
Pour François et pour vous n'augure rien de bon !
Mon beau-frère est naïf et par son influence,
Il lui ouvre la voie, accroît son importance ;

Il le croit généreux, mais je crains qu'avec lui
Il n'ait un de ces jours de sérieux ennuis !
Lorsqu'il était ambassadeur chez vous naguère,
Je l'ai déjà tiré d'une méchante affaire.
Et ce Krüger, j'ai peur qu'il soit dans un trafic,
Confondant intérêts privés et bien public...
Mais François n'y croit pas ; et par ses boniments,
L'autre prend toujours plus sur lui de l'ascendant !

CONSUELO

Tout est bon pour montrer comm' il est charitable,
Et quand oun prend oubn berr', ou quand oun est à table,
Il nous réproche à tous dé boir et dé mancher
Quand d'autrés sour la terra soun si affamés,
Alors qué loui il ba dans les grands restaurants,
Il bit dans oun souperbe et grand appartament
Et ba boir tous les chens qui n'ont pas dé maisson...
En plous il a abec Madama des façons !
Et y a pas qu'abec elle...

ROLAND

Oui, et ma belle-sœur
Pourrait se compromettre avec cet imposteur !
Il aime bien séduire et plaire aux jeunes femmes,
Et si cela le sert...

SCENE 3

Irène, Vincent, Marianne, Roland, Consuelo

IRENE

Ah ! Cette vieille femme
Est vraiment assommante et carrément rasoir !
A l'entendre parler, elle est seule à savoir
Ce qu'il est bon de faire...

ROLAND

Ah oui, quel phénomène !

IRENE

Et ses cris à nouveau m'ont donné la migraine !
J'ai aperçu François qui vient ; Consuelo,
Dis-lui de ma part… oui, que je souffre trop
Et que je suis allée me reposer un peu !
Je le verrai plus tard, lorsque je serai mieux.
Je n'ai pas le courage ici de l'accueillir...
Et toi, Roland... ?

ROLAND

J'étais sur le point de partir !
Mais cela tombe bien, car je voulais le voir :
Je vais le saluer...

IRENE *(sortant d'un côté)*

Eh bien donc, au revoir !

MARIANNE *(sortant rapidement de l'autre)*

Je file aussi, mon oncle, et te dis à plus tard :
Ma grand-mère et ses cris m'ont bien mise en retard !

VINCENT

(à Roland, quand Marianne est sortie)

Mon oncle, s'il te plaît, parle lui de Patrice !
Ma sœur l'a congédié : un étrange caprice !
Ils ont eu l'autre jour un grave différent,
C'est encore à propos de cet appartement...
Patrice est mon ami, je suis contrarié.

ROLAND

Oui, c'était bien prévu, j'allais lui en parler...

VINCENT *(sortant)*

Ah ! Je te remercie. Car tout cela m'inquiète,
Et je voudrais savoir ce qu'il a dans la tête !

Je te laisse, à présent, j'ai mon stage au journal,
Un article à finir... Ça ne sera pas mal !

SCENE 4

François, Roland, Consuelo

FRANCOIS

Ah ! Tu es là, mon vieux...

ROLAND

Je partais, à l'instant !
Oui, une affaire urgente : au Palais on m'attend…
As-tu fait bon voyage et ton mas en Provence
Est-il bien à ton goût ? Et les travaux avancent
Comme tu veux ? Cela te causait du souci,
Je crois...

FRANCOIS

Mon cher Roland, un moment, je te prie !
Consuelo, dis moi, durant cette semaine,
A-t-on suivi la voie de la bonté humaine ?
Tout s'est-il bien passé ? Quelles sont les nouvelles ?

CONSUELO

Oh ié n'ai pour Mossio qué dé bonnas nouvelles
Sauf dé Madam ! Elle a ou hier soir oun malaiss ;
Nous abons sou très por ! Ié crois que cé lo stress...

FRANCOIS

Et Krüger ?!

CONSUELO

Il courou aussitôt au salon
Et m'ayant enboyé loui fair oun infoussion,
Tout à son aiss et sol et sour lé canapé,

Pendant oun bouen quart d'hor il pou l'essaminer,
La régarder partout pour boir...

FRANCOIS

Ah ! Le brave homme !
Vraiment ! Ah, quel homme de cœur !

CONSUELO

Ah oui ! C'est comme
Bous dit', et bous abez bien raisson, oui, Mossio !
Mais lorsque ié rebins, ça n'allait guèra mio,
Et ellé boulou bite aller sé mettre au lit...

FRANCOIS

Et Krüger ?!

CONSUELO

La ténant par la taill', en ami,
Iusqu'à sa chambr en haut, il l'aida à monter
Et ouna fois dédans, à sé désshabiller,
En doctor...

FRANCOIS

Le brave homme ! Ah quel homme de cœur !
Oui, l'on ne peut douter que c'est un bon docteur,
Vraiment !

CONSUELO

Oh oui, c'est commé bous dites, Mossio !
Elle était dans son lit, mais ça n'allait pas mio.
Mossio Kroucher dissait qué dans cet état là,
Elle né poubait pas dou tout rester sola :
Elle abait des bapors et souffrait lo martyr !

FRANCOIS

Et Krüger ?!

CONSUELO

Ié boulais qu'il s'en ailla dormir,
Et appéler ouna infirmièr pour la noui,
Ou rester au chébet dé Madama, mais loui,
Il réfoussa : "Pourquoi, mé dit-il, à la fin,
Né souis-ié pas doctor ? Non, non, iousqu'à démain
Ié resté là, près d'elle, au cas où ça empir' !"
Et il mé démanda sour lé champ dé partir
Mé coucher !

FRANCOIS

Le brave homme ! Ah qu'il est dévoué !
Et le malheur d'autrui l'a toujours secoué !

CONSUELO

C'est oun brav hom', oun bravé d'esseption, oh oui,
Car Madam a passé ouna terribla nouit !
On l'entendait crier, cheindre, implorer, chémir,
Et pousser dans lé noir dé déchirants soupirs...
"Ié n'en po plus... Ah ! Ah, c'est trop ! Ié meurs, oh oui,
Oh non, oh non, qu'est c' qu'il m'arrib' ?! Oh oui, oh oui,
Bous mé faités dou bien, bous mé faites dou bien !
Oh ! Cher ami, restez ! Restez iousqu'au matin !
Encore, encore, oh oui !" Ça déchirait lé cor
Dé l'entendré crier commé ça, et si fort,
Et souffrir...

FRANCOIS

Et Krüger !?

CONSUELO

Il né l'a pas quitté
Dé la nouit ; en héross, pour ell' il a loutté ;
Et cé n'est qu'au matin qu'il sortit dé la chambre
En s'étirant et sé dégourdissant les membres,
Fatigué, mais content, et tout à fait rabi
Dé l'assion charitabl' qu'il abait accoumplie !

FRANCOIS

Ah ! Le brave homme ! Ah oui ! Et c'est un vrai bonheur
D'avoir dans sa maison un tel homme de cœur :
Je suis vraiment comblé...

CONSUELO

Oui, soyez rassouré,
Et bostra femme, oh oui, a été bien soignée !

SCENE 5

Roland, François

ROLAND

Elle se paie ta tête et elle fait très fort ;
Et pourtant, on ne peut affirmer qu'elle a tort !
De ce qu'elle te dit tu devrais t'étonner,
Et de ton bon Krüger, enfin, te méfier :
Tu es trop complaisant, et bien sincèrement,
Je trouve avec Irène son comportement
Très cavalier...

FRANCOIS

Tais-toi ! Et c'est une infamie
Que de le regarder et d'en parler ainsi !
C'est un être si pur, généreux, un héros,
Qui défend en tous lieux les plus grands idéaux !
Quand il ne peut agir, il est comme au supplice ;
Et de faire le bien, et de rendre service,
De venir au secours des hommes en détresse,
D'alléger leur souffrance il n'a jamais de cesse !
Il a couru le monde en quête de blessés,
D'estropiés, de mourants et d'enfants affamés,
Pour les sortir de l'ombre et filmer leurs malheurs
Et pour montrer à tous leurs plaies et leurs douleurs...

ROLAND

A-t-on besoin de lui, et de son cinéma,
Pour connaître l'ampleur des malheurs d'ici-bas ?!
Mais tu ne vois donc pas le dessein qu'il poursuit,
Et qu'à travers ces gens, celui qu'il sert, c'est lui ?!
Ce qu'il veut, crois le bien, surtout, c'est se montrer
Pour gagner à ce jeu une célébrité,
Et grâce à la télé construire sa carrière
En prétextant servir la cause humanitaire !
Ce genre d'ambitieux prospère de nos jours ;
La mode est au combat, à l'engagement pour...,
Mais tous ces engagés nous prennent pour des poires
Et leur grand cinéma, leur zèle ostentatoire,
Leurs parfaits numéros, le tapage qu'ils font
De tous leurs beaux combats et leurs bonnes actions,
Montrent très clairement où est le bénéfice
Et ce que vaut chez eux l'esprit de sacrifice ;
Car bientôt on les voit, ces Messieurs Saint-Vincent,
Ces Zorros de l'humain, ces bienfaiteurs ardents,
Dans tel ou tel parti, ou dans un Ministère
De leur grande bonté recevoir le salaire :
Argent, notoriété, gloriole médiatique,
Bâties sur le malheur de pauvres faméliques,
Et sur l'obscur travail de mille bénévoles
Dont ils volent le temps, l'action et la parole !
Tu ne le connais pas, tu ne sais d'où il vient,
Tu l'héberges chez toi et le prends pour un saint,
Mais si tu veux savoir vraiment ce que j'en pense,
Et une fois au moins me faire un peu confiance,
Ton brave Krüger te gruge et te manipule,
François, et c'est surtout un homme qui calcule :
Oui, il se sert de toi, de ta position
Pour pousser sa carrière et ses ambitions !

FRANCOIS

Mon beau-frère, tu es un esprit bien chagrin :
Comment peux-tu sortir un pareil baratin !?
Tu nous fais l'avocat : garde tous ces discours
Pour tes interventions, là-bas, devant la cour !
Je le connais assez depuis que je l'ai vu
Pour la première fois : il était dans la rue,
En hiver, je l'ai vu passer toute la nuit
Sous la tente, à côté d'un pauvre sans-abri ;
Même que les médias -journaux, télés, radios !-,
De son geste éclatant se sont tous fait l'écho !
Et pourtant, sois en sûr, je l'avais supplié :
"Mon ami, vous allez prendre froid... Renoncez !
- Non, m'a-t-il dit, jamais je ne serai heureux,
Tant qu'on verra dehors l'un de ces malheureux !"
C'est ainsi que depuis il réside chez moi...

ROLAND

Et passe à la télé deux ou trois fois par mois !

FRANCOIS

Mais tu le sais très bien, pour les gens engagés,
La télé constitue un passage obligé !
Pour susciter les dons, financer ses actions,
Il ne peut se passer de sa contribution...

ROLAND

Et tu ne trouves pas qu'il en fait un peu trop ?!

FRANCOIS

Il en fait trop, tu dis !? Mais qui en ferait trop,
Aujourd'hui, quand on voit la misère du Monde,
Que le mal est partout, et que la guerre gronde !?
Non, non, jamais, jamais on n'en fera assez,
Pour le malheur du monde et de l'humanité ;
Et lui, s'il le pouvait, il ne dormirait plus

Pour lutter plus encore et en faire encor plus !
Depuis qu'il est rentré en France, il se démène
Pour montrer l'étendue de la misère humaine ;
Mais ce n'est jamais pour son profit personnel !
Et d'ailleurs pour finir de répondre à ton fiel,
Sache qu'il a toujours âprement refusé,
Que dans cette maison on vienne le filmer !

ROLAND

Et certes je comprends, vue l'image qu'il donne,
Et avec les valeurs et les idées qu'il prône,
Que notre cher ami, jouant au bon apôtre,
Ne souhaite pas montrer le luxe où il se vautre...

FRANCOIS

Ah ! Vraiment, avec toi, on ne peut discuter,
Et tu trouves toujours matière à rechigner !
Mais... Je ne comprends pas. Je te croyais pressé
Et je te vois ici en train de discuter
Sans fin...

ROLAND

Oui, juste un mot ! Il s'agit des enfants,
De ta fille et Patrice, et leur appartement.
Tu leur avais promis, je crois, de les aider
A s'installer ensemble ; or tu n'es pas pressé,
Semble-t-il, et cela leur cause du souci.
Qui plus est, on a vu ton Krüger ces jours-ci
Souvent avec Marianne...

FRANCOIS

Aujourd'hui, les enfants,
Ne demandent plus trop leur avis aux parents...

ROLAND

Certes, mais voudrais-tu que ton homme de cœur

Lui ait, à elle aussi, un peu touché le cœur,
Et le reste ! Il pourrait au moins être son père...

FRANCOIS

Eh bien, mon cher Roland ! Vraiment ! La belle affaire !
Je te trouve soudain un tantinet vieux jeu...
Krüger est un grand homme, un être prestigieux ;
Tout le mode l'admire et, ma foi, je comprends
Que ma fille ait pour lui quelque amoureux penchant !

ROLAND

Ils devaient s'installer, et se mettre en ménage,
Et parlaient récemment même de mariage !

FRANCOIS

Les jeunes aujourd'hui n'ont plus nos conceptions :
Les couples d'amoureux se font et se défont !
Et puis, Patrice certes est très talentueux,
Mais dans l'engagement il me semble frileux,
Et ses convictions... Mais, dis-moi, il est tard,
Tu risques d'arriver au Palais en retard ;
Et moi, j'ai dans une heure un important cocktail
Au profit des enfants affamés du Sahel,
Et nous devons aussi manger des petits-fours,
Pour aider tous ces gens qui meurent au Darfour !

Fin du Premier Acte

ACTE DEUXIEME

SCENE 1

François, Marianne

FRANÇOIS

Marianne !

MARIANNE

Papa !

FRANÇOIS

Je voulais te parler...

(Il regarde un peu partout, comme s'il cherchait quelque chose, ouvre un placard.)

MARIANNE

Mais que cherchez-vous...?

FRANÇOIS

Rien ! Je voulais converser
En toute discrétion et avec cette bonne,
Qui se mêle de tout, qui sans cesse m'espionne...
Ah ! J'aurais bien mieux fait de la laisser là-bas !

MARIANNE

Qu'irait-elle donc faire dans ce trou à rats ?!

FRANÇOIS *(revenant)*

Marianne, tu sais que de ton avenir
J'ai le plus grand souci ; il me ferait plaisir

Que tu bénéficies de cette parité
Pour laquelle ta mère et moi avons lutté,
Et qu'on te voit enfin une situation
En rapport avec tous tes talents et tes dons.
On m'a dit que tu es très souvent ces temps-ci
Avec Krüger ; qu'une certaine sympathie
Au fil des jours, petit à petit, vous rapproche ;
Et bien que l'on m'en ait déjà fait le reproche,
Je n'y vois pour ma part aucun inconvénient,
Et ne m'offusque pas de ce rapprochement...
Comment le trouves-tu ?

MARIANNE

C'est un homme, disons...
Un homme... sur lequel je n'ai pas d'opinion !

FRANÇOIS

Pourtant, le bruit courait qu'avec lui tu aurais...

MARIANNE

Je ne sais qui prétend qu'avec lui je pourrais...
Peut-être lui, d'ailleurs !

FRANÇOIS

Mais tous ces entretiens...

MARIANNE

Simples conversations sur lesquelles certains
Ont dû extrapoler ! Mais point d'ambiguïté :
Il n'y a entre nous aucune affinité !
Souciez-vous plutôt de certains autres bruits
Se rapportant, précisément, à vous... et lui !

FRANÇOIS

Je ne te comprends pas. Enfin, tu peux me dire...

MARIANNE

Non, à la vérité, en parler serait pire...
Pour lui, j'avais trouvé que ses engagements
Etaient assez nouveaux, plutôt intéressants !
Mais j'ai appris aussi à le connaître mieux ;
Et puis, à dire vrai, je le trouve un peu vieux...
Non, même si cela vous peine et vous déçoit,
Pour une femme jeune, une enfant comme moi...

FRANÇOIS

On n'est plus aujourd'hui dans le temps de Molière,
On voit ici ou là d'honorables grands-pères,
Des quinquas, des seniors avec de jeunes femmes,
Même de jeunes gens avec des vieilles dames...
Mais il n'importe : en fait, là n'est pas la question !
Il s'agit d'une affaire avant tout de raison,
Et non de sentiments, de problèmes de cœur.
Car je vais être franc, et parler sans aigreur :
Lorsqu'on a comme toi de grandes ambitions,
Il est bon de veiller à ses fréquentations.
Oh ! Je ne juge pas, si c'est là ton caprice,
Mais je ne comprends pas ton goût pour ce Patrice...

MARIANNE

Que lui reprochez-vous ?

FRANÇOIS

C'est un garçon futile,
Qui n'a pas d'idéal...

MARIANNE

C'est un garçon tranquille,
Plein d'humour, de bon sens ; il me repose au moins
De ces drames affreux dont on nous fait témoins,
Et de tout ce sérieux, de cette gravité
Dont nous sommes ici tous les jours abreuvés !

FRANÇOIS

Voilà comment sans doute il conçoit l'existence !
Tu connais ses idées, ou plutôt son absence...

MARIANNE

Son absence de quoi...?

FRANÇOIS

D'idées précisément !
De ces belles idées, ces grands engagements,
Disons-le carrément, ces convictions profondes
Qui sont notre grandeur, qui font changer le monde,
Tous ces grands idéaux et ces nobles combats
Qui nous font des raisons d'exister ici-bas !
Hélas ! Le monde est triste et grave et dramatique ;
Et qui ne mène pas un combat pathétique
Est-il digne de vivre ?

MARIANNE

On dirait ma grand-mère,
Et ses grandes leçons, ses sentences amères !

FRANÇOIS

Tu es à Sciences Po, tu étudies le Droit,
Et si tu veux un jour que l'on fasse de toi
Une grande ministre ou une ambassadrice,
Non, ta place n'est pas à côté d'un Patrice !
Aussi j'ai réfléchi : je crois qu'en vous aidant
A vous installer ou prendre un appartement,
Je te rendrais, ma fille, un très mauvais service,
Et il vaut mieux pour toi arrêter ce caprice.

MARIANNE

Je peux vous rassurer sur cette installation :
Depuis près de huit jours, il n'en est plus question,

Car nos rapports ne sont vraiment pas au beau fixe !
Vous pouvez donc aussi quitter votre idée fixe.

FRANÇOIS

Eh bien ! Si c'est le cas, tu m'en verras ravi :
Je n'aurais pas voulu que tu fasses ta vie...
Mais laissons ce sujet, fermons le carnet rose !
J'avais à te parler d'une toute autre chose
Beaucoup plus importante : il s'agit de Krüger...

MARIANNE

Encor !...

FRANÇOIS

De son travail ! Et du grand manager
Qu'il est, enfin de l'homme que le monde entier
Reconnaîtra un jour comme l'un des pionniers
Du combat en faveur de tous les malheureux !
Je sais que pour ta part tu le trouves un peu vieux ;
N'empêche qu'il m'a fait mille éloges de toi...

MARIANNE

J'en suis flatté, vraiment, même si je ne vois
En quoi son jugement devrait m'intéresser.

FRANÇOIS

Eh bien, détrompe-toi ! Il doit organiser
Un show humanitaire, un grand misèréthon
Qui sera retransmis à la télévision,
Animé par Ruker, sa nièce et ses cousins,
Destiné à tous ceux qui luttent pour le Bien :
Il y sera question de toutes les misères
Que l'on peut rencontrer aujourd'hui sur la Terre.
Aucune, absolument aucune ne sera
Oubliée : sur le plateau il réunira
Affamés, immigrés, sans-logis, sans-papiers,

Et les déshérités du monde tout entier ;
Ils seront amenés, en charters, par centaines,
Pour témoigner contre la pauvreté, la haine,
L'exclusion, le racisme et la xénophobie,
Et dire leur amour de notre beau pays !
On parle pour bientôt d'un grand remaniement
Qui pourrait transformer notre Gouvernement :
Il est cité pour le Secrétariat d'Etat
Aux Grands Maux de la Terre et Malheurs d'Ici-Bas.
Ce sera un tremplin pour un grand Ministère
Qui défendra partout la cause humanitaire.
Il voudrait que tu sois sa première assistante :
Qu'en dis-tu ? N'est-ce pas une offre intéressante ?
Et ne trouves-tu pas que c'est là un projet
Exaltant ?

MARIANNE

Il m'en a dit deux mots, en effet...

FRANÇOIS

Ah ! Je ne savais pas. Et qu'as tu répondu ?

MARIANNE

Que je trouvais son offre un peu trop ambiguë.

FRANÇOIS

Que signifie cela, et cette hésitation ?!
Tous ces atermoiements ne sont pas de saison :
Mais tu ne vois donc pas la chance que tu as !?

MARIANNE

Je ne crois pas la chance aussi bonne que ça.

FRANÇOIS

Que veux-tu dire, enfin, Marianne, tu plaisantes ?

MARIANNE
Désolée de décevoir ainsi votre attente !
Je crains de ne pas être, et c'est la vraie raison,
La seule à qui il a fait la proposition.
Et, c'est vrai, tout cela serait intéressant,
Mais l'on m'a rapporté certains agissements
De sa part...

FRANÇOIS
C'est encore ces méchants ragots,
Qu'on colporte sur lui. Comme tous les héros,
Il fait des envieux, de par l'admiration,
Qu'il suscite partout, à travers son action.
On dit n'importe quoi. Comme il est charitable
Il se tait, mais enfin, il n'est pas responsable
De tout ce qu'on raconte et de tous les excès
Que font naître et grandir en tous lieux ses succès.
Non, l'important est que, future ambassadrice,
Tu deviennes bientôt sa collaboratrice...

SCENE 2

Consuelo, François, Marianne

FRANÇOIS
(ouvrant une porte derrière laquelle se trouve Consuelo)
Quoi ?! Voilà qu'à présent tu écoutes aux portes !
Et tous les jours il va falloir que tu nous sortes
Un nouveau...

CONSUELO
Mais c'est qué ié n'en crois pas mes zioss,
Ou ploutôt mes soreill', et ces derniers ragoss
Qué les chens colportan ! Madémoisselle irait
Assister cé Kroucher, bientôt, pour son prochet...
Non, non, ié né po pas en croiré mes soreilles,

Non, bous né boudrez pas una chossa pareille,
Non non non, qu'elle aillé trabailler abec loui,
Non, non, c'est incroyable, elle ira pas...

FRANÇOIS

Oui, oui,
Mademoiselle ira, que ça te plaise ou non !
Qu'y a-t-il là d'étrange ? Et de toute façon...

CONSUELO

Et baisser abec loui, aussi, tant qué bous siètes !

FRANÇOIS

Mas tu dis des horreurs... Tu as perdu la tête ?!

CONSUELO

Ça ne bous souffit pas qu'il...

FRANÇOIS

Tais-toi, je t'ai dit !
Je t'interdis de parler comme ça, compris ?!

CONSUELO

Ié parlé commé ça car, né bous en déplaiss,
Et mêmé si Mossio, il bo qué ié mé taiss,
C'est cé qué lé chens diss...

FRANÇOIS

C'est faux ! Et après tout
Qu'elle baise avec lui ou un autre, on s'en fout...
Ça te regarde pas ! Ma fille est assez grande
Pour savoir avec qui...

CONSUELO

Oui, pouisqu'elle est si grande,
Iustament, laissez-la choisir et décider
Abec qui et pour qui ellé ba trabailler...

FRANÇOIS

Et c'est de sa carrière avant tout qu'il s'agit :
Aussi je serais fier qu'elle fasse partie
De ce projet grandiose, et en plus novateur,
Contre la pauvreté et contre le malheur !
Il va donner espoir à des milliers d'exclus :
Après cette émission, non, rien ne sera plus
Comme avant...

CONSUELO

Cé prochet, qué pendejada, si !

FRANÇOIS

Quoi ? Comment ?! Que dis-tu ?

MARIANNE *(riant)*

Ce mot en Colombie
Veut dire couillonade !

FRANÇOIS

Insolente ! Tu oses
Traiter de couillonade…

CONSUELO

Oun trouc pour los gogos
Et pour qué cé Kroucher abança sa carriéra,
Et baissa bostra fill' : boilà cé qué c'est ça !

FRANÇOIS

Mais tu ne vois donc pas toute l'humanité
D'une action en faveur des plus déshérités :
Tu devrais avoir honte ! Et il nous faudrait tous
Etre reconnaissants...

CONSUELO

Pét-être mais chez nous,
Les chens qui accomplissan les bonnés sactions

Né lé claironné pas à la télébission !
Ma mèra qu'ell est paubr', elle a touchours aidé
Sans rien dire des chens qui sont moins fortounés !
Elle allait pas pour ça à la télébission
Sé montrer tous les chours, faira des sémissions !

FRANÇOIS

Tu préfères qu'avec un jeune écervelé,
Ignorants des malheurs de notre humanité,
Elle aille...

CONSUELO

Oh oui, ploutôt qu'ell' s'en aille abec loui
Débant les caméras porter des sacs dé riz,
Des colis d'aliments pour los paubres d'Afrique,
Donner lé bibéron aux senfants squélettiques,
Et sé fairé filmer auprès des SDF,
Ou en train d'empêcher des coupur' EDF...

FRANÇOIS

Pourquoi l'ai-je traînée depuis sa Colombie
Pour l'entendre me dire ce qu'elle me dit !?
Quand je pense que c'est seulement grâce à moi
Qu'elle peut étudier, que je lui offre un toit...

CONSUELO

En recueillant chez bous ouna paubr' immigrée,
Bous né faites, mossio, qu'appliquer bos sidées !

FRANÇOIS *(à Consuelo)*

Tais-toi ! Je ne supporte plus tous tes sarcasmes :
Tu vas finir par me redéclencher des spasmes !
(A Marianne)
Oui, je te disais donc que c'est un grand projet,
Un grand événement, qu'avec lui tu devrais...

CONSUELO

Bostra fille abec cé guignol !...

FRANÇOIS

Tu vas te taire !?

Ou je vais cette fois...

CONSUELO

Bous plaissantez, ch'espère !

FRANÇOIS

Tais-toi, je t'ai dit !

CONSUELO

Non, ié né mé tairai pas :
Bostra filla la paubr' mérita mio qué ça,
Et qué d'êtré la poul et dé sé fairé boir
Abec Mossio Kroucher et lo fairé baloir,
Et qu'ell aillé baisser abec cé bio satyre,
Tout ça pour qué la Francia des gogoss l'admire...

FRANÇOIS

Je te flanque à la porte si tu continues,
Et immigrée ou pas, je te tape dessus !
Vraiment, quelle insolente ! Et elle a un culot !
Je lui fournis papiers, carte, visa, boulot ;
Grâce à moi elle fait des études ici
Et regardez comment elle me remercie !

CONSUELO

Ié bous paie mon séchour ici en trabaillant ;
Car malgré bos sidées, bous êta bien contents
Qu'ouna pobr' immigrée bous fassé lé ménache,
Qué bous n'aimez pas trop essé chenré dé tâche,
Alors qué cé Kroucher, il est loché gratis !
Vous voyez donc qu'il est bien mio qué moi loti...

FRANÇOIS

Tu vas te taire enfin, ou tu as décidé,
Continuellement, de me faire enrager !
Je sais quand même encore ce que j'ai à faire.

CONSUELO

Non bous né sabez pas cé qué bous débez faire ;
Et quand on boit comment bous achissez...

FRANÇOIS

Tais-toi !
Ou je te garantis vraiment que cette fois,
Je te flanque à la porte...

CONSUELO

Déhors ?! En plein hiber !?
I'irai sous ouna tent' : ainsi lé bon Kroucher
Biendra mé sécourir et s'occouper dé moi,
Abec l'archent que bous loui donnez tous les mois,
Ainsi dans la missèr', ié né sérai pas seule.

FRANÇOIS

(exaspéré, la poursuivant dans toute la pièce)
Je vais finir, je crois, par lui casser la gueule !

CONSUELO

Bous défendez los droits, condamnez la biolence
Et bous mé ménacez...

FRANÇOIS

Ah, mais quelle insolence !
Oui, je vais te crever, et si tu continues...

CONSUELO

I'irai à S.O.S pour les femmas battues
Dénoncer las biolenc' qué bous faites aux femmes,
Ié dirai partout qué bous êt' oun monstre infâme ;

Ié mé ferai filmer, expoulsée, sous la tente,
Et pribée dé papiers...

FRANÇOIS

Elle est exaspérante !
Je m'en vais faire un tour, dans le parc, il fait beau :
Un peu d'air me fera du bien, oui, il le faut...

(Il sort, excédé.)

SCENE 3

Consuelo, Marianne

CONSUELO

Vous né poubé donc pas loui diré cé qui est
Bous, sa fille ; et à quoi bous sert bostra langue et...

MARIANNE

Oh, ne me blâme pas ! Ce que tu m'as appris
Ce matin m'a laissée vraiment abasourdie !
Tu m'as ouvert les yeux à temps et j'allais faire
Une énorme bêtise...

CONSUELO

La choss', elle était claire,
Pourtant...

MARIANNE

Oui, mais, vois-tu, étant de bonne foi,
J'ai toujours eu du mal à comprendre pourquoi
Certains passent leur temps à duper leurs semblables.
Avec ses beaux discours, ses actions charitables,
Et tous ses grands récits, il m'avait subjuguée.
Avec Patrice en plus je m'étais disputée,
Suite à un désaccord sur cet appartement,

Et je me suis laissé prendre à ses boniments...
Mais depuis que je sais ce qu'il fait par derrière,
Comment il a séduit la femme de mon père,
Ma propre belle-mère ! Et il ose entre temps
Me draguer, moi qui n'ai pas encore vingt ans ;
Il vient sans hésiter me faire des avances :
Quel imposteur, vraiment ! Ah oui, quelle arrogance !

CONSUELO

Bous poubez êtra sour dé cé que ié bou dis.
Il a même passé dans sa chambré la nouit ;
Et ils ont bien choué au doctor...

MARIANNE

Consuelo,
Mon père prétendait que ce sont des ragots !

CONSUELO

Bostré pèr est oun âne : il né bo pas lé boir,
Et même il lé berrait, il boudrait pas lé croir !

MARIANNE

Comment ai-je pu être aussi gourde, aussi bête ?
Et je ne sais vraiment pas où j'avais la tête !

CONSUELO

Pour en finir, et si bous boulez mon abiss,
Rénouez bite abec bostré bravé Patric' :
C'est ourchent tous los dos dé bous rabigocher !

MARIANNE

Ce n'est pas aussi simple et nous sommes brouillés
Complètement ! Tu sais, même je le voudrais,
Lui ne veut plus me voir...

CONSUELO

Céla m'étonnérait !

MARIANNE
Non, il ne viendra plus...

CONSUELO
Ié né po croiré ça !

MARIANNE
Plus jamais, je te dis...

CONSUELO
Choustament, lé boilà !
Que bous abais-ié dit ?! C'est l'occassion rêbée :
Profitez-sen, bité, pour bous réconcilier !

MARIANNE
Tu as raison, c'est décidé : je vais tout faire,
Tout, tout ce qu'il faut pour désarmer sa colère !

SCENE 4

Consuelo, Marianne, Patrice

PATRICE
Oh ! Je te trouve seule, et c'est très surprenant...

MARIANNE
Pourtant, cela m'arrive...

PATRICE
Oh ! Ce n'est pas souvent,
Ces temps-ci...

MARIANNE
Avec qui faudrait-il que je sois ?

PATRICE

Oh ! Tu le sais très bien, et beaucoup mieux que moi...

MARIANNE

Non, non, vraiment je ne sais pas du tout...

PATRICE

Non ?

MARIANNE

Non !

PATRICE

C'est une compagnie pourtant dont le renom...

MARIANNE

Oh ! Sur ce point tu es bien plus doué que moi :
En bonne compagnie tu es souvent, je crois...

PATRICE

Pas tant que toi, je pense, avec Monsieur Krüger :
Il paraît que bientôt tu iras l'assister.
A ses côtés, c'est sûr, tu auras bonne mine...

MARIANNE

Pour te faire assister, tu as ta langoustine !

PATRICE

Et toi, ton Don Juan, pour te faire draguer,
A ce que l'on m'a dit...

MARIANNE

Tu m'as recommandé
Vivement, l'autre jour, de partir avec lui :
Je t'ai donc écouté, tu dois être ravi !

PATRICE

Eh bien ! J'en suis ravi, si ça te fait plaisir,
Et je te félicite...

MARIANNE

Où veux-tu en venir ?

PATRICE

Je comprends maintenant ton peu d'empressement
A parler avec moi de cet appartement !

MARIANNE

Oui, bien sûr, et c'est moi qui empêche mon père
De faire sur ce point ce qui est nécessaire !

PATRICE

C'est bien ce que je pense : au moins, je te sais gré
D'oser le dire haut, et de me l'avouer !

MARIANNE

Oui, tu pourras vaquer à tes occupations
Avec celle qui a toutes tes attentions :
Voilà qui est parfait !

PATRICE

Vous êtes deux frimeurs,
Et tu seras très bien avec ce vieux dragueur !

MARIANNE

Moins bien que toi avec ta pute de service...

PATRICE

Et toi avec un mec paré de tous les vices...

MARIANNE

Une nana qui baise avec tout ce qui passe...

PATRICE

Un baiseur compulsif, qui jamais ne se lasse,
Et tu seras la perle et le plus beau fleuron
De son tableau de chasse et de sa collection !

MARIANNE

Comme toi de ta poule et de son carnet rose !

PATRICE

Et toi de la série d'un addict à la chose !

MARIANNE

Par le premier venu, elle se laisse prendre,
Et tu ne devrais pas trop la laisser t'attendre...

PATRICE

C'est ce que j'allais faire et d'ailleurs, sache-le,
Je ne suis revenu que pour te dire adieu !
Je m'en vais, cette fois, pour toujours, je te quitte
Et il m'importe peu quelle sera la suite !

MARIANNE

Voilà qui en dit long sur tes vrais sentiments !
Note que je le sais depuis pas mal de temps,
Et quitter une femme est routine pour toi...

PATRICE

Et toi, passer d'un homme à l'autre tous les mois !

MARIANNE

Oh ! Toi, il te suffit de croiser un jupon
Pour avoir tout le corps traversé de frissons...

PATRICE

Donc, adieu !

MARIANNE

Adieu, donc !

PATRICE

Je m'en vais...

MARIANNE

Eh bien, va !
Puisque tu n'es venu que pour me dire ça...

PATRICE

Tu ne me verras plus...

MARIANNE

C'est bien ce que j'espère.
(Patrice se dirige vers la porte, s'arrête, se retourne.)

PATRICE

Et surtout n'oublie pas de le dire à ton père,
Au moins...

MARIANNE

C'est déjà fait. Je l'ai mis au courant.
J'espère que tu es...

PATRICE

Oui, je suis très content !
(Patrice fait mine de partir, se retourne à nouveau.)
Que dis-tu ?...

MARIANNE

Qui ? Moi ? Rien...

CONSUELO

Bous n'abez pas fini ?!
Mais bous êtés des fous, dé bous parler ainsi,
Ié lé crois, et au lio dé bous réconcilier,

Bous allez bous quitter encora plous fachés !
(Elle rattrape Patrice qui allait sortir.)
Hé ! Bous, où allez-bous !? Rébénez-moi ici !
(Se tournant vers Marianne)
Et bous, la damoissell, rébénez-moi aussi !
(A tous les deux)
Pourquoi bous tortourer, alors qué ça sé boit,
Bous sêtes samoureux ?

PATRICE

Peut-être ça se voit,
Mais tu as entendu tout ce qu'elle m'a dit ?!

MARIANNE

Hé ! Tu as entendu toutes les vacheries...

CONSUELO

Moi ié né bous écouté pas, y en a assez !
Tout cé qué moi ié sais, cé qué bous bous aimez...
(Elle les prend par la main et les place l'un face à l'autre, puis les oblige à se regarder.)
Ié bé bous lé prouber : régardez, en faç', là !
Dités-bous dans los sios : "Non, ié né t'aime pas !"
Allez, dités-bous le !...
(Grand silence. Marianne et Patrice se regardent un moment dans les yeux, puis se précipitent dans les bras l'un de l'autre.)

PATRICE

Marianne !...

MARIANNE

Patrice !
Tu as été méchant...

PATRICE

Tu m'as mis au supplice...

MARIANNE
Mon patatachouchou ! C'était pour t'embêter...

PATRICE
Et moi pour te tester sur ta fidélité !

MARIANNE
Moi aussi, c'était pour éprouver ta constance,
Et voir ta réaction...

CONSUELO
Boyez l'intellichence !

PATRICE
Moi pour voir ton amour...

MARIANNE
Moi pour savoir vraiment
Si tu m'aimais encore...

CONSUELO
Ah ! Quel discernément !

PATRICE
Il ne te faut pas croire tout ce que je dis,
Quand je suis en colère...

MARIANNE
Par chance notre amie
Consuelo était là pour nous réconcilier...

PATRICE
Oui, sinon, nous serions à présent séparés !

MARIANNE
Séparés pour toujours...

PATRICE
Séparés pour la vie !

PATRICE et MARIANNE *(ensemble)*
Ah, merci Consuelo, merci, merci, merci !

MARIANNE
Ma bonne Consuelo, je ne sais plus que faire...
Il serait fou de me fâcher avec mon père :
Mes études, comprends, c'est lui qui les finance,
Mais j'en ai tellement assez de cette ambiance !
Je voudrais vivre avec mon Patatachouchou,
Mais le problème est que j'ai besoin de ses sous.
Je peux me retrouver hors d'ici, dans la rue,
Il en est bien capable, et en plus, tu l'as vu,
Il est très dur de lui faire entendre raison.
Il se met en colère à la moindre objection
Et si je lui tiens tête, à force, il me dira,
Avec le caractère intolérant qu'il a,
De chercher du travail...

CONSUELO
Boilà cé qu'il faut faire :
Si bous né boulez pas irriter bostra père,
Né bous montrez pas trop ensemblé pour l'instant !
A mon abis, ça né ba pas dourer longtemps.
L'ourchent est dé trouver lo moyen dé montrer
L'imposteur qu'est cet homm' et dé lé démasquer.
Il sé condouit ici comme en terrain conquis ;
Il est counsidéré comme oun pétit marquis ;
Il a ou iousqu'ici l'appoui dé bostra père,
Mais ié crois qu'entré loui et bostra bella-mère
Dépouis oun iour ou dos y a dé l'eau dans lé gass :
Il né tardéra pas à fairé oun faux pass...
(A Patrice)
En attendant allez, ousté, déhors, houit iours !

(A Marianne)
Et bous dans bostra chambre, à rébisser bos cours...

PATRICE
Un instant...

MARIANNE
Un moment....

PATRICE
Ma chérie !

MARIANNE
Mon chouchou !
(Ils s'embrassent avec fougue)

PATRICE
Te quitter, c'est trop dur !

MARIANNE
Mon chouchou ! Mon doudou !

CONSUELO
(les séparant avec peine)
Bon ! Allez, ça souffit... Oh, mais écoutez-moi !
Et gardez-sen oun po pour la prochaina fois !

Fin du Deuxième Acte

ACTE TROISIEME

SCENE 1

Vincent, Consuelo

VINCENT

Cette fois, je le sens, je vais me l'emplâtrer ;
Je crois que sur le champ je vais l'assassiner !
En plus de se payer la nuit ma belle-mère,
-Et de ça je me fiche, après tout, si mon père
Ne veut pas voir tout ce que fait cet imposteur-
Le voilà à présent qui courtise ma sœur !

CONSUELO

Oh ! S'il n'y abait qu'elle... Et ié po bous lé dire,
Ell' né sont pas solas, et ié crois qu'il déssire
Coucher pareillament abec toutas las femmes...

VINCENT

Qu'il fasse ce qu'il veut avec toutes les femmes,
Qu'à toutes jour et nuit il fasse des avances,
Cela m'est bien égal ! Mais, par ses manigances,
Qu'il ait failli brouiller Patrice, mon ami,
Avec ma sœur... Ah non ! Il va sortir d'ici.

CONSUELO

Calmez-bous ! Ils né sont pas sencor séparés ;
Et ié souis arribé à les réconcilier
Tous los dos...

VINCENT

Ah !? Tant mieux ! Je ne le savais pas.
Mais il est entêté, il recommencera !
Je connais le lascar. Ma chère Consuelo,
Je peux te l'affirmer, cet homme a un culot...
Mais là, c'en est assez ! Et je vais de ce pas
Raconter à mon père...

CONSUELO

Il né bous croira pas !
Bostré pèra sé fich' dé toutas las paroles,
Et même si on loui dissait qu'oun âné bole,
Il dirait qué c'est beau, ou bien qué c'est parfait
Et qu'on n'arrêta pas auchourd'houi lé progrès !

VINCENT

Oui, mais l'autre en profite et il n'aura de cesse
A elle aussi qu'il ne lui ait pincé les fesses ;
Et je ne voudrais pas que ses agissements
Les fassent se brouiller définitivement !

CONSUELO

Laissez faira Madam', oui, car ellé commence
A bien sé rendré compta dé ses manigances !
Elle est très sen colère et son réssentiment
Loui féra plous dé tort qué bos emportaments.
Ellé m'a démandé s'il n'était pas sorti,
Et si ié lé boyais dé l'appéler ici...
Sa sécrétair' m'a dit qu'il allait arriber
Et Madam elle aussi, ell' né ba pas tarder.

VINCENT

Tu fais bien, Consuelo, de me dire tout ça ;
Puisqu'ils doivent se voir, je vais me cacher là.
Ne dis rien ! Je vais les écouter, car je veux
Savoir exactement ce qui se passe entre eux,

En avoir le cœur net, puis leur dire deux mots
De ce que je pense et...

CONSUELO

Ah ! Bous sêtes sidiot !
Lé boilà, iustament ! Ecoutez-moi, partez !
Né restez pas ici ! Bous allez tout gâcher...
(Vincent se cache dans le placard)

SCENE 2
Krüger, Consuelo

KRUGER

(à sa secrétaire qu'on ne voit pas)
Laura, informez bien toutes les rédactions
Que j'assisterai à la manifestation
Organisée dimanche contre le racisme,
La discrimination et l'antisémitisme !
Et dites leur enfin que lundi j'ai prévu
D'aller voir à nouveau mes amis dans la rue !
Je veux que soit montré par les télévisions
Comment ils ont dormi tout l'hiver sous les ponts !

CONSUELO *(bas)*

Et sourtout, précissez qu'on y boit bostra tête !

KRUGER

(à Consuelo, comme s'il avait mal compris)
C'est vrai, je ne sais plus où donner de la tête !
Quel travail, Consuelo ! Sans-abri, sans-papiers,
Réfugiés, sans domicile fixe, immigrés,
Et cet hiver si long, et qui n'en finit pas...
Il fait si froid dehors !

CONSUELO

Ah ! Né m'en parlez pas !
Tellément qué i'ai bou qué dans bostra chambré,
Contré cé froid si vif, lé chauffache est monté...

KRUGER

Je suis un peu frileux, il est vrai, ces temps ci,
Toute cette misère, en fait, me contrarie :
Tous ces gens qui ont froid, cela est dramatique,
Et j'en ai des fourmis dans le nerf sympathique !
Mais vous, il semble que jamais vous ne souffrez
Du froid... Ah ! Consuelo, quel beau décolleté !
Quelle gorge splendide et vous avez un sein
Dans lequel j'aimerais me réchauffer les mains :
Quel merveilleux abri ce serait pour un sans
Refuge comme moi !

CONSUELO

(prenant un journal sur la table et se cachant la poitrine)

Si Madam' bous sentend
Mé parler commé ça ! Il mé faut cacher...

KRUGER

Non,
Consuelo, je vous prie, jetez moi ce torchon
Que je ne saurais voir. Je préfère admirer
Les superbes beautés dont vous êtes parée,
Plutôt que ce journal ultra-réactionnaire !
Il y a l'interview d'un leader populaire :
J'ai fait partout savoir ma désapprobation !
Ses propos sont ignobles et nauséabonds ;
Ils ont scandalisé et choqué tout Paris,
Et je crois qu'on devrait brûler pareils écrits !

CONSUELO

Mais lé iournal dé çà il n'est pas responsable

Et il n'est pas non plous dé cé qu'on dit coupable,
Commé moi dé ces seins qui m'ont été donnés...

KRUGER
Par de pareils discours nous sommes tous blessés !

CONSUELO
Il fait qué soun travail en dissant cé qu'a dit
Tel ou tel....

KRUGER
Non, il faut condamner cet écrit.
Des propos de la sorte, il ne faut pas les lire
Et l'on doit éviter aussi de les transcrire !
Ces gens, vous le savez, ne sont pas fréquentables ;
Divulguer leur parole est plus qu'irresponsable !

CONSUELO
Qué boulez-bous, nous sommes sen démocratie :
Oun né po interdiré tout cé qui sé dit !
Oun né ba pas créer oun délit d'opinion ;
Mais bous, bous êta pour restreindra l'espression
A ços-là solament qui penssan commé bous !

KRUGER
Peut être... Mais cessons ce débat entre nous !
Je crois savoir que vous venez de Colombie :
J'ai été plusieurs fois dans votre beau pays,
Voilà quelques années... Quel endroit merveilleux !
Mais la misère est grande, et les pauvres nombreux.
J'avais fait un grand film pour leur venir en aide,
Et deux ou trois galas pour trouver des remèdes...

CONSUELO
Ah ! C'est très bien, Mossio, mais pour nous tous là-bas,
La misséra, la faim, c'est pas dou cinéma !

KRUGER

Hélas, je le sais bien. Que vous êtes charmante !
Mais, on m'a dit aussi, vous êtes étudiante :
Vous devriez monter un jour dans mon bureau
Faire du rangement, avec moi, Consuelo,
Et la conversation...

CONSUELO

Oh ! Laissez bos sistoir,
Sourtout qué la Madama' ellé boulait bou boir,
Et bous sallez aboir ouna autre occassion
Dé poursouibre abec ella la conbersation ;
Car, ié né sais pourquoi, elle est très sen colère...

KRUGER

Ah oui, que voulez-vous, toute cette misère,
Qu'on ne peut endiguer, qui grandit en tous lieux :
C'est terrible ! Et cela nous rend tous très nerveux !

CONSUELO

Oui, bous abez raisson, et cé doit êtré ça,
La missèr, qui la met dans oun pareil état !
Mais là boilà qui bient... Et moi, ié mé rétire,
Car bous abez, ié crois, plein dé choss' à bous dire !

SCENE 3

Krüger, Irène

IRENE

Ah ! Vous voilà enfin, je vous cherchais partout,
Et je veux éclaircir quelque chose avec vous...

KRUGER

Irène, ma chérie ! Ah, te voir, quel bonheur !
Mais tu as l'air fâchée : pourquoi cette froideur ?

IRENE

Votre bonheur sans doute était bien éphémère,
Car de la belle-fille après la belle-mère
Il semblerait dépendre...

KRUGER

Enfin, que veux-tu dire ?
Et je ne comprends pas...

IRENE

Ah, ne me fais pas rire !

KRUGER

Irène, mais pourquoi...?

IRENE

Ah, tu ne comprends pas !
Alors quand je m'éveille au matin dans tes bras,
Bercée par les échos de tes serments d'amour
Et par l'enchantement de tous tes beaux discours,
Il me faudrait bondir de joie lorsque j'apprends
Le soir que tu m'oublies, que dans le même temps
Tu courtises Marianne et qu'avec mon mari
Tu complotes déjà pour l'avoir dans ton lit !?

KRUGER

Mais qu'imagines-tu ? Il est juste question
Qu'elle m'assiste pour mon grand Misèréthon...
C'est pour faire plaisir à François, à son père :
Il voudrait qu'elle aussi combatte la misère
De tous ces pauvres gens...

IRENE

Ce n'est pas ce qu'il dit !
François en a parlé : justement, d'après lui,
Tu ne serais pas contre, et comme il est complice,

Il voudrait même qu'elle rompe avec Patrice
Pour pouvoir t'épouser...

KRUGER

Hé ! Ton mari est fou,
Il est extravagant et excessif en tout
Et il prend ses désirs pour la réalité...

IRENE

Marianne aussi pourtant semble s'être vantée
Que depuis plusieurs jours tu lui fais des avances...

KRUGER

Je ne sais pas. Peut-être c'est ce qu'elle pense,
Mais elle a mal compris ce que je lui propose :
Il s'agit de travail, et non pas d'autre chose !
Irène, tu es bien la seule femme au monde
Que j'aime et c'est de la passion la plus profonde...

IRENE

Si je me souviens bien, je devais travailler
Moi aussi avec toi. Tu m'as souvent parlé
Entre nous d'une étroite collaboration ;
Et tu voulais avec mon association,
Désirs de Changement, faire un partenariat.
Mais le projet avance et tout cela n'est pas...

KRUGER

Travailler avec toi, tu le sais, ma chérie,
Est ce que j'envisage, et cela me ravit.
Avec toi, je voudrais faire de grandes choses,
Défendre ici ou là toutes les belles causes...
Tu es la femme aimée par-dessus tout au monde !
Je rêve de partir, souvent, dans le Tiers-Monde,
Reprendre le baroud, aller à l'aventure,
Avec toi, et toi seule, oh oui, je te le jure !

IRENE

Je préfère mener l'aventure à Paris,
Et pour l'instant du moins que nous restions ici.

KRUGER

Où tu voudras pourvu que tu sois avec moi :
Ma seule aspiration, c'est d'être auprès de toi !

IRENE

Et c'est pourquoi sans doute tu sollicitais
Marianne en même temps...

KRUGER

Tu as raison, c'est vrai,
Tu ne vas pas me croire et pourtant tu ne sais
A quel point en raillant tu dis la vérité !
Je m'étais dit qu'en épousant ta belle-fille,
En faisant désormais partie de ta famille,
J'étais sûr de rester près de toi pour toujours ;
Car tu es ma raison de vivre et mon amour !
Aussi longtemps que je m'appellerai Krüger,
Mon cœur battra pour toi...

IRENE

Tu ne manques pas d'air !

KRUGER

Tu ne sais vraiment pas ce que c'est que d'aimer !
Depuis des jours, j'étais, Irène, au désespoir,
Et je ne savais plus que faire pour te voir.
Oui, cela te paraît monstrueux, insensé,
Et pourtant quand on aime, il n'est rien qu'on n'invente...

IRENE

Ce n'est pas mon avis, et si jamais tu tentes
De séduire Marianne, alors tout est fini...

KRUGER

Peu m'importe Marianne, et je te le redis,
Ce n'est pas elle, non, non, c'est toi que je veux,
C'est de toi, ma chérie, que je suis amoureux !
(La prenant, la serrant de plus en plus fort dans ses bras)
Et je veux, tout de suite, ici même et tant pis...

IRENE

Mais que fais-tu, enfin ? Arrête ! Je t'en prie...

KRUGER

Au cœur de la maison, sur cet autel te prendre
Et te sacrifier !

IRENE

On pourrait nous surprendre...

KRUGER

C'est plus beau, c'est plus fort quand on est en danger !

IRENE

(essayant de le retenir)

Et l'on va nous entendre...

KRUGER

Oui, t'entendre chanter
Sur cette table et comme en un théâtre, là,
Les morceaux les plus beaux de ton grand opéra !
J'adore l'aventure et le risque m'excite,
Et il n'y a que toi pour me mettre si vite
Dans un état pareil...

IRENE

Tu ne vas pas ici...

KRUGER

(la poussant contre la table)

Irène, relevons ensemble ce défi :
Oser faire l'amour, au milieu du salon !

IRENE

Je ne te savais pas tant d'imagination !
Voilà qui est nouveau...

KRUGER

Tu ne me connais pas !
(Il tente de l'allonger sur la table.)

IRENE *(le repoussant)*

Je ne veux pas... Ici ?! Non, non, je ne veux pas !...
Non, non, pas ça !

KRUGER

(de plus en plus pressant, et caressant)

Oui, oui, ça ! Oui, ça, je veux tout,
Et aussi ça et ça...

IRENE

(essayant de se dégager)

Mon ami, tu es fou !

KRUGER

Oui, de toi, je suis fou, et même plus encore,
Tu ne sais à quel point je t'aime, je t'adore...

IRENE *(réussissant à se dégager)*

Non, non, je ne veux pas ! Je suis trop perturbée,
Non, je ne suis pas prête, et c'est bien trop risqué...
Et je veux voir d'abord si tu étais sincère
Et si tu tiens parole et je n'apprécie guère
L'idée que quelqu'un entre et nous surprenne ici :
Tu ne veux tout de même pas que mon mari
Apprenne qu'avec toi...

SCENE 4

Krüger, Irène, Vincent

VINCENT

(sortant brusquement du placard)

Non, Irène, au contraire,
Il nous faut l'informer ! Il est temps que mon père
Sache la vérité sur le comportement...

IRENE

Les choses ne sont pas ce que tu crois, Vincent,
Et ne comprends-tu pas…? Je disais à Monsieur
Qu'il doit absolument cesser de voir ta sœur :
Tu devrais, justement, en être satisfait !
En parler à François n'aurait pas les effets
Que tu crois, sois en sûr ! Et je sais me défendre,
Et ce sont là des choses que tu peux comprendre...

VINCENT

Oh ! Je comprends très bien au contraire et comment
Tous les deux vous passez d'agréables moments ;
Mais vous allez trop loin, et votre bagatelle
N'est à présent secret que de polichinelle.
Oui, mon père saura...

IRENE

Vincent, je t'en supplie,
Evite le scandale, et les scènes, les cris !
Laisse-moi régler ça !

VINCENT

Vous avez vos raisons,
Soit ! Mais les miennes ne sont pas à l'unisson
Des vôtres ! Pour ma part, franchement, j'ai la rage
Et je veux qu'au plus tôt de chez nous il dégage !
Voilà juste mon père et, je vous jure, il va
Savoir comment Zorro sert la segnorita...

SCENE 5
Krüger, Irène, Vincent, François

VINCENT
Vous arrivez, mon père, un petit peu trop tard
Et vous avez raté un moment de grand art :
Comment notre saint-homme allongeait sur la table,
Dans une position tout à fait charitable,
Votre épouse ; et cela pour lui manifester
Les marques les plus hautes de l'humanité !
Vous auriez vu cette chorégraphie et même
Pu entendre les chants de son amour extrême !

IRENE
Je te laisse, Vincent, à tous tes grands débats
Et à ton ironie ! Tes procédés sont bas...
C'est une chose qui ne regardait que moi,
Et tu as largement outrepassé tes droits !

SCENE 6
Krüger, Vincent, François

FRANCOIS
Que veut dire tout ça ?! De qui se moque-t-on ?

KRUGER
Oh ! Laissez, mon ami... Tant d'incompréhension !
Je suis las de me battre et ne veux plus répondre
A tout ce qu'on invente afin de me confondre
Et montrer mon extrême faiblesse, et le mieux
C'est, renonçant à tout, que je quitte ces lieux ;
Que je m'en aille auprès de mes amis qui souffrent,
Vivant comme jadis, sans cesse, au bord du gouffre,
Là-bas, très loin d'ici, au fin fond du Tiers-Monde,

Loin des compromissions, des manœuvres immondes,
Fuyant de ce pays les esprits délétères,
Poursuivant mon combat, au cœur de la misère...

FRANCOIS
(se tournant vers Vincent)
Salaud ! Tu n'as pas honte ?! Et vois les conséquences
De tes accusations, et de ton indécence !

VINCENT
Comment ? Il faut le plaindre ?! Un homme qui vous ment !
Vous allez croire encore à tous ses boniments...

FRANCOIS
Assez ! C'en est assez ! Je ne veux plus t'entendre...

KRUGER
Laissez-le, mon ami, il ne peut pas comprendre !
Qu'il dise tout le mal qu'il veut de moi, laissez !
Sans doute a-t-il raison, je n'en fais pas assez,
Et tout ce que je fais, c'est vraiment dérisoire
Et ne mérite pas qu'on fasse tant d'histoires...

FRANCOIS
Ecoute, salopard, écoute, écoute-le,
Et vois comme il est bon, comme il est généreux !
Existe-il au monde engagement plus pur,
Et à la fois plus humble ? Et tes critiques sur...

VINCENT
La colère m'étouffe et tant d'hypocrisie...

FRANCOIS
Tais-toi ! Tu ne sais même pas ce que tu dis !

KRUGER
Ah ! N'allez pas pour moi tous les deux vous fâcher !
Il est jeune, il ne sait ce qu'est la pauvreté...

FRANCOIS

Vois, vois, tu l'accablais, et lui, il te défend !
Prends modèle sur lui !

VINCENT

Sur de tels arguments,
Que je...

FRANCOIS

Je t'ai dit de te taire...

VINCENT

Et vous...

FRANCOIS

Arrête !
Ou je te jure que je te casse la tête !

KRUGER

Oh, mon ami, oh non ! N'allez pas le frapper !

FRANCOIS

Personne ne saurait ici m'en empêcher...

KRUGER

Oui, toujours en ce monde est traîné dans la boue
Celui qui pour le pauvre ardemment se dévoue :
C'est ainsi, mon ami, et il faut l'accepter,
Mais à son idéal ne jamais renoncer !
Votre fils est naïf, il croit la calomnie ;
Il faut être au-dessus de ces mesquineries
Et s'élever...

FRANCOIS

Entends cette parole, entends !
Admire la beauté de son engagement !
Mais je sais vos visées, vos manipulations

Pour le discréditer, et ternir son action,
Pour l'empêcher d'agir, et les rivalités
Qu'il suscite partout ; oui, vous le critiquez,
Et sans réaliser qu'en agissant ainsi
Vous servez pleinement nos pires ennemis,
Tous ceux par qui sur terre on voit les gens de bien
Attaqués lâchement et traités de vauriens !
Mais là, c'en est assez, vous allez me trouver,
Je ne tolère plus qu'il soit ainsi traîné
Dans la boue. Je suis le chef, ici, et c'est moi
Oui, qu'on le veuille ou non, c'est moi qui fait la loi !
Et tous, vous allez voir, je vais vous faire taire !
Quant à toi, salopard, et à ta belle-mère
Et à Monsieur Krüger tu feras des excuses !

VINCENT

Moi, à cet imposteur qui se rit et s'amuse
De vous, que je...

FRANCOIS

Comment ?! Tu l'insultes à nouveau !?
Tu veux me provoquer ?! Cette fois, c'en est trop :
Fous-moi le camp, salaud, que je ne te voie plus !

VINCENT

Oui, c'est ça, je m'en vais, je préfère la rue
Plutôt qu'une maison où règne un hypocrite...

FRANCOIS

Et en plus sache bien que je te déshérite !

VINCENT

Je me fiche de vous et de tout votre argent !

FRANCOIS

Tu n'auras plus un seul centime, tu m'entends ?!
Tu sauras ce que c'est que de gagner sa vie...

VINCENT

Adieu...

FRANCOIS

Ne remets plus jamais les pieds ici !

SCENE 7

Krüger, François

FRANCOIS

Ah mon ami, pardon, pardon, sincèrement !
Je suis vraiment outré de son comportement...

KRUGER

Hélas, je ne peux plus rester chez vous ici,
Ils me détestent tous, j'y ai trop d'ennemis !
Non, je vais repartir, au fin fond du Tiers-Monde,
Où la misère humaine est tellement profonde,
Consacrer le restant de ma pauvre existence
A tous ceux ici-bas qui sont dans la souffrance...
Non, non, mon cher ami, non, c'est insupportable !
Quoi, j'irais moi, mener une vie confortable
Quand tous ces gens sont là, partout, mourant de faim,
Et qu'ils ont tant besoin qu'on leur tende la main !

FRANCOIS

Non non, mon cher ami, vous resterez ici :
Il y a tant d'exclus dans ce pays aussi...

KRUGER

Dans ce cas, si je reste, et j'en fais le serment,
Et puisque l'on prétend que je suis son amant,
Avec Irène on ne me verra plus jamais ;
Je la fuirai toujours...

FRANCOIS

Pas du tout, s'il vous plaît !
Et je veux au contraire et pour les embêter
Que jamais vous et elle on vous voit séparés :
Sa santé est fragile, elle a besoin de vous...

KRUGER

Sur ma vie, croyez-moi, il n'est rien entre nous :
Je n'ai jamais touché, hélas, à votre femme !

FRANCOIS

Mon ami, oubliez ces calomnies infâmes !
Je leur montrerai bien à tous qui est le maître ;
Ne vous tourmentez pas des discours de ce traître !
Et il aura le prix de cette trahison :
Les traîtres paient toujours leurs mauvaises actions.
Je lui rappellerai les droits élémentaires
Et ce qu'est un engagement humanitaire !
Ce jeune prétentieux, imbu de sa personne
Croit se glorifier des leçons qu'il nous donne.
Monsieur a ses idées ! Il fait le journaliste,
Le grand provocateur et l'anticonformiste ;
Il est contre nous tous, contre la bien-pensance
Il crache sur le Bien et sur la bienséance !
Et ma gourde de fille à qui je tente en vain
De montrer chaque jour où est le bon chemin...
Eh bien, tant pis pour eux ! Heureusement pour nous,
Il y a ici-bas des hommes comme vous !
Je vais dès aujourd'hui faire la donation
De toute ma fortune à votre fondation.
Je ne veux pas qu'un jour l'ensemble de mes biens
Finissent par tomber en de mauvaises mains ;
Je veux contrecarrer leurs plans et leurs visées.
J'imagine déjà leurs têtes consternées.
S'il m'arrivait demain un quelconque accident,
Je veux que mon bien serve à notre engagement,

Et non qu'il soit complètement dilapidé !
Avec vous tout cela sera bien dirigé,
Conformément aux vraies, aux uniques valeurs
De la fraternité, de l'amour, et du cœur !
Venez, mon cher ami, allons chez mon notaire
Accomplir cette belle action humanitaire !
Je lui en ai déjà abondamment parlé,
Et je sais qu'il avait préparé les papiers !

KRUGER

Soit, s'il vous semble bon que l'on procède ainsi,
Et si cela a pu vous ôter un souci,
Que de tout votre bien je sois dépositaire,
Pour servir pleinement la cause humanitaire !
J'accepte la mission que vous me confiez :
Soyez sûr qu'avec cœur elle sera menée !

Fin du Troisième Acte

ACTE QUATRIEME

SCENE 1

Roland, Krüger

ROLAND

Ah ! Je tombe sur vous et cela tombe bien :
Je voulais vous parler et ne vous cacher rien,
Vous dire franchement le fond de ma pensée.
Vincent vous a sans doute quelque peu blessé...
Mais pouvez-vous souffrir, vous, un humanitaire,
Vous qui luttez contre tous les maux de la Terre,
Qu'un fils avec son père en vienne à se brouiller
Que ce dernier en soit à le déshériter
Et à cause de vous, qu'il soit mis à la porte !
Pouvez-vous accepter une issue de la sorte ?
Réalisez-vous bien toute la gravité...?

KRUGER

Croyez bien que j'en souffre et que j'en suis navré !
Mais il est par-delà notre petite histoire
De grands engagements qui sont plus méritoires :
C'est à quoi je m'emploie, avec votre beau-frère.
Notre but est, Monsieur, la cause humanitaire ;
Si nous nous détournions de là, un tant soit peu,
Songez à tous ces gens, à tous ces malheureux
Par nous abandonnés ! Et quel serait leur sort ?
Il ne leur resterait qu'à attendre la mort.
J'ai peu de goût pour les querelles de famille :
Toutes ces fâcheries, ces petites bisbilles

Ne m'intéressent guère, et de toute façon
Tôt ou tard, croyez-le, elles se régleront.
J'avais d'ailleurs offert à François, de bon cœur,
De quitter sa maison et d'aller vivre ailleurs :
Il ne l'a pas voulu. Il m'a dit qu'il préfère
Qu'ensemble nous servions la cause humanitaire.
Des éclats de son fils il est exaspéré :
Il ne veut plus le voir, et j'en suis consterné !

ROLAND

Mais enfin, là n'est pas mon seul grief contre vous
Et un autre motif justifie mon courroux :
Oui, il s'agit, Monsieur, de cette donation
Que François voudrait faire à votre fondation.
Et vous rendez-vous compte enfin du préjudice
Que vous leur causeriez, et de quelle injustice
Vous seriez responsable en privant ses enfants...?

KRUGER

Et si c'était le cas, si effectivement
Ce que vous invoquez contre moi advenait,
Sachez que désormais ce bien se trouverait
Entre de bonnes mains, celles de gens, Monsieur,
Qui sauraient le transmettre à de plus malheureux.
Plutôt que de le voir bêtement gaspillé
Par des gens tout à fait inexpérimentés,
Je préfère qu'il serve à des engagements
Qui des déshérités réduiront les tourments !
Et le don qu'il veut faire à cette fondation
En d'autres mains n'aurait pas la même fonction :
Mon devoir, ma mission sont de le protéger
Et c'est bien de cela que l'on veut me charger !

ROLAND

Ainsi vous prétendez être un homme de cœur,
Et vous vous conduiriez ici comme un voleur !

Vous qui prêchez partout la générosité,
Vous ne seriez donc pas troublé, ni affligé
De voir les deux enfants d'un hôte charitable
Dépouillés de leur bien de façon misérable,
Et réduit à l'état de tous ces pauvres gens
Dont vous dites vouloir réduire les tourments !
Vous prêchez constamment la cause humanitaire :
Commencez par ne pas mettre dans la misère
Tous ceux qui n'y sont pas ! De tout ce que vous faîtes,
Cette étrange ambition qu'on vous voit dans la tête
N'est-elle pas au fond la seule explication ?

KRUGER

Si l'on me voit, monsieur, porteur d'une ambition,
C'est bien celle d'œuvrer pour faire que le Monde
Soit meilleur et plus juste, et que dans le Tiers-Monde,
Plus personne n'ait faim ; et mon engagement
Est sans ambiguïté ! Ce genre d'arguments
Ne vous honore pas, mon unique souci...

ROLAND

Vous le savez, pourtant, la déontologie
De votre profession, en toutes circonstances,
Vous commande, je crois, une entière distance
A l'égard des pouvoirs, des forces politiques
Ou bien des intérêts privés, économiques ;
Et de ne pas chercher à faire une carrière
Au travers d'un engagement humanitaire ;
Mais vous, vous vous servez de tous ces pauvres gens
Pour...

KRUGER

(apercevant Marianne et Irène)

Désolé, Monsieur, un coup de fil urgent
M'appelle à mon bureau. Des pauvres sollicitent
Que j'agisse pour eux. Souffrez que je vous quitte !

SCENE 2

Roland, Irène, Marianne, Consuelo

CONSUELO

Ah ! Mossio, cetta fois, ça né po plous dourer
Et il faut en finir abec bostré Kroucher !
Il a encora fait à cetta damoisselle
De ces propossitions qu'il dit professionnelles
Mais qui né lé sont pas. Il a mêma failli
La bioler ! Il bous faut démasquer cé bandit...

IRENE

Oui, je viens de l'apprendre et je suis très choquée
Par cette atteinte grave à notre dignité
De femme...

ROLAND

Que se passe-t-il ?

MARIANNE

Il va ici,
Avec le plein accord de mon père, a-t-il dit,
Installer les bureaux de son association :
Il veut que je l'assiste et que dans son action
Je m'exprime en son nom, lorsqu'il ne peut paraître.
Il se conduit déjà en véritable maître ;
Il a même affirmé, concernant tout mon bien :
"Tant qu'avec moi vous êtes, vous ne risquez rien !"

IRENE

Il me disait tantôt qu'avec lui il voulait
Que je parte en Afrique et là-bas on aurait...

MARIANNE

"Je vous veux, m'a-t-il dit, et vous êtes à moi !"
Et sans attendre plus, il s'est jeté sur moi.
J'ai eu le plus grand mal...

IRENE
Il me disait aussi...

CONSUELO
Po importa et si bou boulez mon abis,
Cé Kroucher, abant po, il ba bien bous baisser
Toutas las dos, au propré comm' al figouré !

IRENE
Il disait qu'il m'aimait par dessus tout au monde,
Qu'il voulait avec moi partir dans le Tiers Monde...

CONSUELO
Enfin, bous boyez bien qu'il sé moqua dé bous :
Cé qu'il boulait sourtout, c'est coucher abec bous !

ROLAND
Quelle audace, vraiment, il se paie notre tête...

IRENE
Pour plus longtemps, je crois, et cette fois, la fête
Est bel et bien finie. Un mufle, un imposteur
Qui porte gravement atteinte à notre honneur
De femmes ! C'en est trop ! Je lui prépare un tour
Dont il aura du mal à se remettre un jour.
Je ne suis pas du genre à me laisser berner :
Puisqu'il persiste ainsi à tous nous abuser,
Je vais mettre à mon tour les cartes sous la table !

SCENE 3

Roland, Irène, Marianne, Consuelo, François

FRANÇOIS
Ah ! Il faut cette fois te montrer responsable,
Ma fille, et qu'on reparle du Miséréthon,
Cette idée de Krüger ; sa grandiose émission

Est annoncée partout comme un événement !
Il a besoin de toi. Il faut absolument
Travailler avec lui...

MARIANNE

Je vous l'ai déjà dit,
Je ne veux pas...

FRANÇOIS

Je vois, ton Patrice a sévi,
Il est passé par là !

MARIANNE

Patrice n'a rien fait !

FRANÇOIS

Mais tu ne vois donc pas où sont tes intérêts ?

MARIANNE

Mon intérêt n'est pas avec votre Krüger !
Vous êtes bien le seul qui croit, dur comme fer,
Que ce que fait cet homme...

FRANÇOIS

On t'a bourré le crâne,
C'est ce Patrice encore... Ecoute-moi, Marianne,
Je ne veux plus te voir avec lui, tu m'entends ?!
Si jamais...

MARIANNE

Patrice n'est pour rien là-dedans :
Je vous ai expliqué...

FRANÇOIS

Il n'est pas fait pour toi ;
Et pour vivre avec lui, ne compte pas sur moi !
S'il te veut, il n'a qu'à tout payer... Trouvez-vous
De l'argent ! Mais de moi vous n'aurez pas un sou !

MARIANNE
Mais il est étudiant, il n'a pas les moyens,
Et ses parents non plus, vous le savez très bien !

FRANÇOIS
Si ses parents n'ont pas les moyens, dans ce cas,
Ce n'est pas compliqué : ma fille, tu n'as qu'a
Rester dans ta maison pour étudier et lui,
Pour étudier de même, il est très bien chez lui.

CONSUELO
Alors, bous préférez donner tout bostr' archent
A cé Kroucher, et tout son brassaché dé vent,
Ploutôt qu'à bostra fill' : bous la traitez plous mal
Qu'oun de bos SDF, et ça, c'est pas normal !
Bous sêtes oun idiot !

FRANÇOIS
Toi, je t'ai déjà dit
De te taire ou sinon tu dégages d'ici !

ROLAND
François, ouvre les yeux, enfin...

FRANÇOIS
Mon cher Roland,
Tu es un bon conseil, j'apprécie ton talent,
Mais pour ma vie privée...

IRENE
Allons, François, arrête !
Ton beau-frère a raison. Et tu es une bête !
Ce Krüger est en train de tous nous abuser :
Tu ne le vois donc pas ?

FRANÇOIS
Vous avez décidé

D'être tous contre moi ! Tu t'y mets à présent,
Toi aussi...

IRENE

Eh bien, soit ! Et puisqu'apparemment
Pour te convaincre il n'y a pas d'autre moyen,
Si je te faisais voir où ton homme de bien
Veut en venir ; comment, en courtisant ta fille
Ce qu'il veut surtout c'est faire avancer ses billes,
Et qu'il se sert des femmes comme un marchepied,
Tout comme de ces pauvres et ces déshérités
Qu'il utilise aussi pour sa seule carrière,
Et par elles, par eux, gagner un ministère...?
En trompant tout le monde, il devient important :
Veux-tu le voir enfin tel qu'il est, et comment
Il agit...?

FRANÇOIS *(ironique)*

Oui, vraiment, je voudrais bien voir ça !

CONSUELO

Et quand bous lé berriez, bous ne lé croiriez pas !

FRANÇOIS

Ah oui, qu'on en termine avec ces calomnies,
Que de cet homme enfin on sache tout le prix !

IRENE

Consuelo, courez, allez me le chercher !
Et vous, laissez-moi seule avec lui ! Circulez !
(Consuelo, puis Roland et Marianne sortent)

SCENE 4

Irène, François

IRENE

(montrant à François la table)

Et quant à toi, François, cache-toi là-dessous !

FRANÇOIS

Mais je ne comprends pas... Et pourquoi là-dessous ?

IRENE

De là tu entendras le généreux propos
Et les déclarations de ton super-héros !

FRANÇOIS

Cette mise en scène est-elle bien nécessaire ?

IRENE

Tout à fait, mon mari ! Je sais ce qu'il faut faire ;
Oui, c'est moi qui reprends toute la mise en scène !
Mais surtout, n'oublie pas, tout ce que tu m'amènes
A faire est comédie, mensonge destiné
A te faire savoir quelle est la vérité !

FRANÇOIS

Ainsi la vérité sortirait du mensonge ?!
Je n'y comprends plus rien...

IRENE

(le poussant sous la table)

Tu vas comprendre : plonge
Sous cette table ! Et là, tu seras éclairé...

FRANÇOIS

(s'installant sous la table)

C'est tout noir !

IRENE

Dans le noir se tient la vérité !

FRANÇOIS *(sous la table)*

Tout ça devient pénible et dans cette maison,
Je ne sais vraiment plus qui me prend pour un con !

IRENE

Avant de préjuger, attends ici de voir,
Qui te prend pour un con ! Oui, tu vas le savoir...

SCENE 5

Irène, Krüger, François *(caché sous la table)*

KRUGER

On vient de m'informer que tu me demandais,
D'urgence ! Qu'y a-t-il de si...?

IRENE

Rien ! Je voulais
Simplement te parler. Rien que cette impatience
D'un amour qui nous pousse à chercher la présence
De celle ou de celui qui en est le mystère,
Cet étrange désir, qui nous amène à faire
Ce qu'on ne voudrait pas. Ce récent entretien
A bien failli nous perdre... Il s'en fallait d'un rien !
Oh ! Je ne te dis pas la frayeur que j'ai eue...
Et j'ai fait, tu l'as vu, j'ai fait ce que j'ai pu,
Pour te sortir de là, dissuader Vincent...
Mais tu t'en très bien tiré, heureusement !
Et François...

KRUGER

Ce n'était vraiment pas difficile :
Ton mari est si bête !

IRENE

Et tu es très habile,
Oui, mais il ne faut plus que cela se produise,
Qu'il y ait un scandale et que cela te nuise...

KRUGER

Il n'y a rien à craindre et à présent François
Veut qu'ensemble à toute heure et partout on nous voit,
Et que sur ta santé je veille en permanence.
Mais surtout ton émoi, toute cette impatience
Que tu me montres là, en cette conjoncture,
Ce désir de me voir de ta part me rassurent ;
Oui, je craignais le pire et que cet incident
Ne t'ait fait renoncer à m'avoir comme amant !

IRENE

Ah ! Tu me connais mal, il m'en faut davantage
Pour me persuader de redevenir sage !

KRUGER

Ce discours est nouveau, et je ne comprends plus ;
Car la dernière fois que nous nous sommes vus,
Tu ne disais pas ça : tu étais plus distante,
Tu te montrais rebelle et beaucoup plus prudente...

IRENE

Ah ! Tu ne comprends pas, et quel cas de conscience
Etait le mien, enfin, toutes ces réticences
Que les femmes toujours se doivent de combattre...
Mais, bon, je ne suis pas une statue d'albâtre !
Et malgré ma colère et malgré tous tes torts,
Tu m'as mis l'autre jour le feu dans tout le corps !
J'ai beau me raisonner, je me sens vulnérable,
Et je te sens en moi, m'allongeant sur la table...

KRUGER

Mais tu ne voulais pas et tu me reprochais
Marianne, tu disais fermement que jamais...

IRENE

Oui, c'est vrai, et j'étais plus que contrariée !
Peu m'importe à présent, et à la vérité,
L'essentiel est pour moi que je sois près de toi :
Pour te garder, oui, je ferais n'importe quoi !
Ce que tu dis est vrai : lorsque l'on est épris,
On ferait tout pour conserver l'être chéri.
Cet incident m'a fait entrevoir bien des choses ;
Il m'a ouvert les yeux, il a permis que j'ose
M'avouer que je t'aime et que si tu partais,
Ou si l'on te chassait, sans doute j'en mourrais
De chagrin...

KRUGER

Je t'écoute et vraiment, ma surprise
Est extrême ; et te voir, là, tellement éprise...

IRENE

Tu as mis un désir irrépressible et fou,
Au plus profond de moi, et je suis prête à tout !
Je ferai désormais tout ce que tu voudras !

KRUGER

Toi qui te rebellais, toi qui ne voulais pas...
(Il la prend dans ses bras, contre la table.)

IRENE

Il me fallait du temps. Mais j'ai changé d'avis
Très vite ; et, tu le sais, souvent femme varie.
Et puis, moi je n'ai pas ton immense envergure :
Toi, tu aimes toujours le risque et l'aventure,
Moi, il me faut le temps de me faire à l'idée.
Je n'ai pas ton allant, et ta rapidité...

KRUGER *(de plus en plus pressant)*
Tu verras et tu vas très vite prendre goût
A être prise à tous moments, ici, partout,
Dans la maison, à l'improviste, en haut, en bas,
N'importe où, chaque fois que cela me plaira...
Tu seras mon esclave, et qui vient d'elle-même
Me donner tout son corps...

IRENE
Avouer que je t'aime,
Cela n'est pas assez et pour te le prouver,
Je dois être contrainte à ces extrémités ?!

KRUGER
Oui l'amour est plus fort en ses parties extrêmes,
Et là, sur cet autel, sur cette table même,
Je veux par cet amour que tu te sacrifies
A moi, et sur le champ, défiant ton mari !
Oui, je veux cette preuve éclatante et suprême,
De ce que sans réserve et sans faille tu m'aimes !
J'attends de toi un don absolu, intégral,
Et inconditionnel, un abandon total...
(Il essaie de la faire s'allonger sur la table.)

IRENE
Mon chéri, mais pourquoi faire inutilement
Cette chose insensée ?! Si quelqu'un nous surprend...
Et, pour plus de plaisir, ne vaudrait-il pas mieux
Un mode plus discret, un peu moins dangereux ?

KRUGER
Oh ! Si cela t'inquiète, il me vient une idée,
Qui va te convenir : tu n'as qu'à te glisser
Sous cette table, ainsi, on ne te verra pas...

IRENE
Ah non, tu ne vas pas de moi exiger ça !

KRUGER

Il y a là pourtant de quoi te rassurer :
Car si quelqu'un entrait, toi, tu serais cachée ;
Personne ne saurait que tu es sous la table ;
Et moi je resterais debout, imperturbable !
Tu m'aurais tout à toi et sans que l'on te voit,
Tu pourrais me saisir et me garder en toi...
On me croira tout seul, mais toi tu seras là,
Tu me feras monter jusques au nirvana !

IRENE

Ah ! Il n'y a que toi pour avoir des idées
Pareilles. Mais attends pour les réaliser !
Avant que je ne me retrouve à ta merci,
Jette un coup d'œil encore, et va voir, je te prie,
Dans la pièce à côté, si personne ne vient !
(Krüger sort un instant.)

SCENE 6
Irène, François

FRANÇOIS *(sortant la tête de dessous la table)*

Ce qu'il veut te faire... faire ! Je n'en reviens
Vraiment pas... Le salaud !

IRENE *(bas à François)*

Tiens te voilà, déjà !
J'avais presque oublié que tu étais par là.
Attends encore un peu ! Il faut que tu voies tout.
Laisse-le inventer, et aller jusqu'au bout,
Que tu apprécies bien comme il est charitable
Et que bientôt je te rejoigne sous la table !

FRANÇOIS *(accroupi près de la table)*
Comment des gens pareils peuvent-il exister ?
Je crois rêver...

IRENE
Aussi, il te faut assister
A tout, jusqu'à la fin, voir s'il en est capable.
Surtout ne bouge pas ! Reste là, sous la table,
Pour que tu sois bien sûr que tu n'as pas rêvé !
Et puisque, semble-t-il, tu veux être comblé,
Je vais tout lui céder...

FRANÇOIS
Mais tu n'as pas compris
Que je veux le surprendre, et en flagrant délit !
Qu'il n'y ait aucun doute, et qu'il n'aille nier
Comme il l'a déjà fait, et pour se disculper...

IRENE
Je comprends et je vais faire en sorte qu'il pleuve
Sur toi un maximum de charges et de preuves
Contre lui, que tu aies pleine satisfaction :
Je vais sacrifier mon corps à l'instruction...
Il revient.
(François disparaît à nouveau sous la table.)

SCENE 7

Irène, Krüger, François *(caché sous la table)*

KRUGER *(revenant)*
Tout va bien, la maison est à nous :
Tu va pouvoir, chérie, faire tous les ouh ouh
Que tu voudras... Oh viens ! Vite... Viens contre moi
Sur cette table, là... Oui, abandonne-toi !

Puis tu iras dessous... Oui, je te veux dessous
Dessus, devant, derrière, et je te veux partout !
(Tout excité, il la pousse sur la table.)

IRENE
(le retenant autant qu'elle peut, essayant de freiner ses assauts)
Doucement, pas si vite... Ah ! Et si mon mari...
S'il venait à passer... S'il me voyait ainsi...

KRUGER
Pense plutôt combien cet homme est charitable
Et comme il est content, en dessert, à sa table,
De m'offrir son épouse : et s'agissant d'un don
Pareil, on ne peut refuser...

IRENE
(ne parvenant plus à le retenir,
et à l'intention de François qui ne sort pas)
Tu as raison,
Après tout, ce doit être pour lui agréable...
Viens donc, prends-moi, fais voir cet homme redoutable
Que tu es. Non, tel n'est pas mon comportement
Habituel, tant pis ! Et puisqu'il est content,
Semble-t-il, il me faut lui donner ce plaisir ;
Je veux entièrement répondre à tes désirs,
Sur cette table même à l'instant être prise...

KRUGER
Ah ! Enfin, te voilà parfaitement soumise,
Offerte toute à moi pour le grand sacrifice !
(Il s'interrompt un instant, pour savourer son triomphe.)
Et après tout, ce n'est, oui, ce n'est que justice :
Les gens, vois-tu, Irène, aiment la compassion,
La générosité, le drame et l'émotion ;
Et jouer les héros, en cette époque terne
Est le meilleur parti pour celui qui les berne !
Donc je les fais rêver, ton mari le premier ;

Oui, avec moi il n'est que générosité !
Je lui donne la gloire et la belle illusion
Qu'il combat pour le Bien, et qu'il est en mission.
Oui, sa vie a un sens, et il me doit bien ça
Car je le magnifie : cela ne vaut-il pas,
Sur un plateau, à table ou sur un canapé,
Qu'il me donne sa femme et me voit la coucher...?
(Il allonge sur la table Irène, qui ne résiste plus.)

IRENE

Oui, tout cela lui plaît, par sa mansuétude,
Il tient à t'exprimer toute sa gratitude.
J'en suis sûre à présent, il est comblé, ravi
Pour toutes tes bontés de te payer le prix...

KRUGER

C'est comme tous ces gens, ces bons humanitaires
Qui vont me faire entrer dans un grand ministère,
Et pour me dire toute leur reconnaissance,
Peut-être me porter jusqu'à la Présidence
Du pays ; et je vais te confier, Irène,
Le secret de ma vie, le secret qui m'amène
Au plus haut : parce que je suis si généreux
Avec les hommes, ils le sont avec moi, eux,
Bien plus, ils me le rendent mille fois, partout,
Car je ne donne rien, et ils me donnent tout !

IRENE

Quel cynique tu fais ! Et rien ne te fait peur :
Tu es mon Don Juan grand et provocateur,
C'est pour ça que je t'aime...

KRUGER

(saisissant plus fort Irène qui commence à crier et soupirer exagérément à l'intention de François)

Ah oui, François, merci !
Car tu m'as tout donné, et ton épouse aussi,

Et c'est de loin la plus belle reconnaissance
Que l'on m'ait témoignée : quelle magnificence !
Merci, François, merci, pour ce si beau présent,
Vois comme j'apprécie, écoute, et sois content !
Ecoute la chanter, célébrer mon mérite ;
Et vois comme elle va me régaler... ensuite !
C'est ton remerciement, celui des malheureux,
Par elle vous allez me rendre si heureux,
Puis vous ferez de moi le héros des nations,
Ce grand homme que toutes les télévisions...

IRENE

(ne sachant plus comment s'échapper, alors que François ne réagit pas)

J'ai peur que mon mari... Laisse-moi me cacher
Sous la table !

KRUGER

(accompagnant Irène sous la table)

Oui, descends, ma chérie, à mes pieds,
Descends, descends encore, et délicatement,
Oh oui, docilement, doucement, doucement...
Dis-moi merci pour lui, ne sois pas si pressée,
C'est moi, et c'est moi seul qui dois être pressé !
(Irène s'est glissée sous la table.)
Cache-toi, mais surtout sois le bel instrument
De sa reconnaissance et son remerciement !
Tu peux là sans réserve et sans modération
Accomplir à présent toute ta dévotion :
Te voilà rassurée, bien cachée, dans le noir,
Si ton mari entrait, il ne pourrait te voir ;
Pourtant il serait bien qu'il constate lui-même
Avec quelle ferveur, pour le servir, tu m'aimes ;
Et pour lui ce serait tellement excitant
De voir comment tu me dis son remerciement !
(Il pousse un cri ; François apparaît, suivi par Irène.)

FRANÇOIS

(se précipitant sur Krüger)

Oui, tu vas voir, salaud, comment cela m'excite :
J'aurais dû là-dessous, oui, t'arracher la...
Ce que j'allais dire... Oh !... Mais je vais te crever !

IRENE *(à François)*

Tu as enfin assez de preuves...? *(à Krüger)* Désolée !
Tu voulais Marianne et, je t'avais prévenu
Que si tu persistais...

FRANÇOIS *(saisissant Krüger au collet)*

Ignoble individu,
Tu voulais te payer et ma femme et ma fille :
Et pourquoi pas ma mère, et toute ma famille,
Tant que tu y étais !?

KRUGER

C'est un malentendu,
C'était pour plaisanter...

FRANÇOIS

Non, non, ça ne prend plus,
Et tu t'es à présent assez payé ma tête !
Allez, fous-moi le camp !

KRUGER

Mais quelle erreur vous faites !
Et vous...

FRANÇOIS

Fous-moi le camp, tout de suite, j'ai dit,
Et va-t-en où tu veux, en tout cas plus ici !
Nous ne resterons pas dans la même maison.
(Temps. Krüger ne bouge pas.)

KRUGER

C'est vrai : tu es logé par mon association
Misères d'Aujourd'hui ! Et par humanité,
Elle t'héberge ici dans l'illégalité,
Privant ainsi de nombreux pauvres d'un logis.
Cet hôtel devrait être pour les sans-abris :
Donc je te donne un jour, pas plus, pour déguerpir,
Vider cette maison et n'y plus revenir,
Et ta famille avec... *(A Irène)* Oui, quel dommage, Irène,
Que tu nourrisses pour Marianne autant de haine !
Avec elle en ce lieu j'aurais pu t'héberger ;
Et nous allons devoir, hélas, nous séparer !

FRANÇOIS *(bégayant, s'étranglant)*

Comment ?! Comment ?! Comment ?! Tu oserais, salaud,
Faire ça...

KRUGER

Bien sûr ! Que ferions-nous d'un lourdaud
Comme toi ?! Pour tenir tous ses engagements,
Notre association a besoin de talents,
Et non pas de balourds, de boulets comme toi !
Puisqu'il en est ainsi, à présent je me dois
De défendre d'abord, et en priorité,
Les intérêts vitaux des plus déshérités !

FRANÇOIS

Moi, sortir de chez moi, il n'en est pas question !

KRUGER

Mais tu n'es pas chez toi...

FRANÇOIS

C'est ce que nous verrons !

KRUGER

Tu n'es pas chez toi !

FRANÇOIS

C'est toi qui n'es pas chez toi !

KRUGER

Je suis ici chez moi !

FRANÇOIS

C'est moi qui suis chez moi !
Je suis le maître ici.

KRUGER

Attends un jour ou deux,
Et tu vas voir, mon cher, qui est maître des lieux !
On s'est de moi ici un peu vite moqué ;
Et vous allez, tous, et très cher, me le payer.

SCENE 8

Irène, François

IRENE

Sa menace m'inquiète et d'où vient qu'il te dise....?

FRANÇOIS

Ah ! Je crois que j'ai fait une grosse bêtise !
Je viens de signer avec lui, chez le notaire,
Un contrat lui faisant la donation entière
De mon bien, pour son association. J'ai eu tort !
Je croyais que c'était seulement à ma mort ;
Mais l'imposteur a fait rajouter une clause
Que je n'ai pas bien lue, et maintenant je n'ose
Imaginer ce qu'il... Ah oui, je crains le pire !
Il faut impérativement que j'aille la relire,
Voir ce qui est écrit, car tout est bien signé !

IRENE

On doit pouvoir trouver moyen de l'annuler…

FRANÇOIS

Et puis, je réalise... Ah, vraiment, quelle bourde !

IRENE

Mais quoi...?

FRANÇOIS

Une autre affaire qui peut être lourde
De conséquences, oui ! C'est un autre papier...
Oh, j'espère qu'il ne me l'a pas dérobé !

IRENE

Mais quel balourd tu fais ! Ah, il a bien raison...

FRANÇOIS *(sortant rapidement)*

Pas le temps de rentrer dans des explications :
Je te dirai plus tard. Je vais à mon bureau
Revoir tous ces papiers... Ah oui, je risque gros !

Fin du Quatrième Acte

ACTE CINQUIEME

SCENE 1

François, Roland.

ROLAND

Qu'est-ce que tu vas faire, à présent ?

FRANÇOIS

Je ne sais.

Ah ! Je n'en reviens pas, et comme il m'a bluffé...
Mais plus que ce problème avec la donation,
Ce qui m'inquiète, en fait, c'est ce contrat bidon...
Mais comment ai-je pu me faire embobiner
Comme ça, sans rien voir, et me faire rouler ?

ROLAND

Avant tout, il nous faut garder notre sang-froid.
Tu as des relations et je connais les lois ;
Pour des escroqueries je plaide tous les jours,
Et je finirai bien par trouver un recours.
Mais pour que je te dise ce que je peux faire,
Il te faut tout d'abord bien m'expliquer l'affaire.

FRANÇOIS

Oh ! C'est vraiment très simple, et je ne comprends pas...
Il arriva un jour me parlant d'un contrat
Dans un pays d'Afrique, et pour un hôpital,
Avec tout un tas de matériel médical,
Destiné en principe à des gens démunis

Et victimes des plus graves épidémies.
Il allait, disait-il, encaisser des avances
Qu'il voulait reverser pour de la bienfaisance,
Et prétendait devoir concrétiser tout ça
Quand il serait bientôt Secrétaire d'Etat,
Grâce à des fonds publics. Pour d'obscures raisons,
Il prétendait avoir besoin d'un prête-nom,
Qui garant du contrat serait censé avoir
Reçu tout cet argent, sous forme d'à-valoir !
Comme je connaissais très bien le Président,
Je cautionnai l'affaire et mon engagement
Lui permit d'aboutir, d'encaisser les avances.
Pour décharge, il me fit une reconnaissance
De dettes. Mais bien sûr, il me l'a dérobée
En partant, il savait où je l'avais placée,
Si bien que je n'ai pas le moindre document
Pour me défendre. Et si, comme c'est évident,
Connaissant ses talents, cette vente est bidon,
C'est moi et c'est moi seul qui serai le dindon !
C'est moi qui dans tout ça vais porter le chapeau
Et pire, aux yeux de tous, passer pour un escroc !
Je vois bien à présent toute la duperie :
Pour financer l'achat, sans doute il a promis
Pas mal d'argent public pour le commanditaire,
En même temps pour lui, c'était la belle affaire !
Il a dû empocher de grosses commissions,
Et moi je vais peut-être finir en prison ;
Car théoriquement je me suis engagé
A construire un hosto pour des déshérités !

ROLAND

Oui, c'est très ennuyeux, connaissant cet escroc,
Je crains qu'il ne s'en serve comme coup d'estoc
Pour mieux faire passer toute la donation,
Qu'il présentera comme une compensation.
Il mettra sur ton dos toute l'escroquerie,

Et récupérera ton bien à son profit.
Si tout le monde croit que c'est toi l'imposteur,
Si les médias te font passer pour un voleur,
Personne ne verra ce qu'il s'apprête à faire,
Sous couvert de sa belle cause humanitaire.
Ainsi non seulement il t'aura dépouillé,
Mais en plus il verra sa gloire renforcée ;
Il passera partout pour un super-héros
Et toi, pauvre François, pour un parfait salaud.

FRANÇOIS

Ah, tais-toi ! Il n'est pas pire engeance sur terre :
Qu'on ne me parle plus de ces humanitaires !
Le premier qui viendra, je lui crache dessus,
Je le sors de chez moi à coups de pied au cul ;
Et ce n'est pas demain, crois moi, qu'on me verra
Fréquenter à nouveau ou aider ces gens-là !

ROLAND

Arrête, enfin, François ! Tu vois comme tu es :
Excessif, et toujours prompt à exagérer !
Ce n'est pas parce que tel ou tel fait carrière
En prétendant servir la cause humanitaire
Qu'il nous faut accabler et condamner tous ceux
Qui tentent de venir en aide aux malheureux !
Tous ne sont pas ainsi, il est heureusement
De braves gens dont le désintéressement
Et dont le dévouement forcent l'admiration.
On ne les voit jamais à la télévision,
Ou bien se pavaner dans les salons mondains,
Mais plutôt dans la boue, toujours sur le terrain...

SCENE 2
Vincent, François, Roland

VINCENT
Ce que je viens d'apprendre est à peine croyable :
Je savais que c'était un homme redoutable,
Mais après tout ce que vous lui avez donné...
Vous l'avez soutenu, hébergé, adulé,
Et pour reconnaissance et pour remerciement,
Il vous ordonne de dégager promptement !

FRANÇOIS
Oui, c'est vrai, c'était ça, le grand humanitaire,
Et je ne te dis pas l'ampleur de ma colère !

VINCENT
Ecoutez, c'en est trop, et ce type est trop veule :
Je m'en vais l'attraper et lui casser la gueule !

ROLAND
Ah oui ! Tu as raison, et en plus de ton père
Ainsi j'aurai en prime à plaider ton affaire.
Nous avons déjà deux bons procès sur le dos :
Un troisième avec toi, alors là, oui, bravo !

SCENE 3
Madame Boyard, Marianne, Consuelo, Irène, François, Vincent, Roland

MME BOYARD
Mais que se passe-t-il ?! On m'informe de choses...

FRANÇOIS
Ah oui, et cette fois, c'est vraiment l'overdose !
Ma mère, je me suis vraiment bien fait rouler...

CONSUELO

Cé Kroucher l'a grouché !

FRANÇOIS

Oui, Krüger m'a grugé !
Depuis des mois ici, il est logé, nourri,
Au nom des grands combats qu'avec moi il poursuit,
Pour la cause dont il se prétend le champion
De mon bien tout entier je lui fais donation ;
Et lui, tu te rends compte, et lui, pendant ce temps,
Il courtise ma femme, et quand je le surprends,
Il prétend le contraire...

CONSUELO

Ah oui, lé bon doctor !

FRANÇOIS

Mais vois sa fourberie, et comme il est retors :
Maintenant qu'il a eu tout ce qui m'appartient
Et qu'il peut disposer pleinement de mon bien,
Voilà qu'il veut en plus me chasser de chez moi !

MME BOYARD

Allons, mon fils, allons, tu dis n'importe quoi !
Que me racontes-tu ?!

FRANÇOIS

Je te dis ce qui est.

MME BOYARD

Mais, mon pauvre petit, on t'aura abusé !

FRANÇOIS

Si l'on m'a abusé, je connais l'abuseur,
Et c'est, tu peux me croire, un drôle d'imposteur !

MME BOYARD
Personne ne peut croire à cette histoire idiote
Allons, fils, il te faut un peu plus de jugeote...

FRANÇOIS
Mais de quelle jugeote...

MME BOYARD
A part faire le bien,
Tu le sais, comme moi, il ne sait faire rien !

FRANÇOIS
Ce que je dis est vrai...

MME BOYARD
Mais tu n'y pense pas,
Cet homme ne pourrait faire un coup aussi bas.

FRANÇOIS
Il en est très capable et je l'ai constaté,
A mes dépens...

MME BOYARD
Mais non, cet homme est jalousé,
Et ses belles actions lui attirent sans cesse
Tous ces sales ragots et ces propos qui blessent !

FRANÇOIS
Qu'est-ce que tu dis là ?!

MME BOYARD
Quand tu étais petit,
Combien de fois, je me souviens, te l'ai-je dit :
Celui qui fait le bien ne recueille souvent
Que de l'ingratitude et ce qu'on dit des gens
N'a aucune valeur ! Il nous faut les juger,
Toujours, les reconnaître et les apprécier
Sur leurs actes, et non pas sur des calomnies !

FRANÇOIS

Mais il ne s'agit pas, maman, de calomnies !
Je te dis la plus simple et pure vérité ;
Tout ce que je te dis est la réalité !
Et il s'agit bien d'actes, d'actes que j'ai vus :
Je ne sais vraiment pas ce qu'il te faut de plus !

MME BOYARD

Il faut toujours attendre avant de s'engager,
De dénoncer quelqu'un ou bien de le juger,
D'avoir tous les tenants et les aboutissants !

FRANÇOIS *(s'énervant)*

Mais puisque je les ai, je te dis, tes tenants…

MME BOYARD

Oui, mais les as-tu bien analysés, pesés
Et correspondaient-ils à la réalité ?

FRANÇOIS
(s'énervant de plus en plus)

Pour voir, Irène en est témoin, j'ai attendu,
Pour être bien sûr et pleinement convaincu,
J'ai tenu bon...

IRENE

C'est vrai, je peux en attester,
Il a fait preuve en tout et d'impartialité,
Et d'objectivité, et d'un parfait recul ;
Et j'ai failli moi-même en être sur le...
Avant qu'à l'évidence enfin il ne se rende,
Il m'a fallu donner...

FRANÇOIS *(explosant de colère)*

Fallait-il que j'attende
Qu'au dessus de ma tête, il la couche et la baise,
Ou que... Ah, il vaut mieux, je crois que je me taise !

CONSUELO

Bou boyez cé qué c'est dé dir' la bérité
Et qu'on né bous croit pas !

ROLAND

Il ne faut plus traîner !
Le temps presse, François, il faut rapidement
Trouver une parade, ou bien un élément
Pour le confondre...

IRENE

Et pourra-t-il faire appliquer
Ce contrat ? Et s'il s'en trouvait discrédité
Dans les médias...? Il tient à sa réputation ;
Il risquerait bien de pâtir d'un tel aplomb !

ROLAND

Oh, ne croyez pas ça ! Irène, il est retors :
Même si c'est énorme et même s'il a tort,
Il saura déguiser en une bonne action
Le transfert de vos biens à cette fondation.
Et si vous l'attaquez, de façon légitime,
Au nom des malheureux, il jouera la victime :
C'est vous qui passerez dès lors pour les méchants !
En le poussant dans ses derniers retranchements,
Après cette bévue, et en lui faisant peur,
Vous avez fait, je crois, une grossière erreur.
Il se trouve à présent dans la position forte...

FRANÇOIS

C'est vrai, et j'ai eu tort de le mettre à la porte :
J'aurais dû faire semblant de n'avoir rien vu,
Le temps de voir comment corriger ma bévue !

IRENE

Et rester sous la table ! Oui, c'était sympathique...
Je ne te savais pas ces penchants érotiques !

ROLAND

Vous auriez intérêt à vous réconcilier
Avec lui, pourquoi pas, tenter de négocier,
Le temps de rétablir cette situation,
De déjouer ses plans...

IRENE

Hélas, tu as raison !
Ah ! Si j'avais pensé au moins que ce voleur
Avait entre les mains autant d'atouts majeurs,
J'aurais fait attention... *(Bruit insistant de carillon)*

FRANÇOIS

C'est bizarre... Qui sonne ?
Tu attends quelqu'un, toi ?! Moi, je n'attends personne !
Il insiste et je crains... Va voir, Consuelo !
Dépêche-toi d'ouvrir !
(Consuelo va vite ouvrir la porte.)

VOIX de CONSUELO *(en coulisses)*

Oui, c'est pourquoi, Mossio ?

VOIX de MAITRE FAUCON *(en coulisses)*

Je souhaiterais parler à un Monsieur Boyard
Qui loge ici. Dites-lui que c'est de la part
De Monsieur Krüger, pour sujet le concernant...

ROLAND

Ah ! Souhaitons que ce soit pour un arrangement !
Si c'est un médiateur, surtout, maîtrise-toi !
(Consuelo entre, accompagnée d'un homme en costume gris-foncé, cartable noir à la main.)

SCENE 4

Maître Faucon, Madame Boyard, François, Vincent, Marianne, Consuelo, Irène, Roland

FRANÇOIS

Entrez, je vous en prie, Monsieur Boyard, c'est moi.
Soyez le bienvenu ! Et c'est pour quelle affaire...?

MAITRE FAUCON

Maître Faucon, huissier social, humanitaire,
De justice, et qui vient en votre logement
Pour vous signifier un bon commandement...
(Il sort de son cartable un document et le lit.)
"De la part de Monsieur Krüger, propriétaire,
Au dénommé Monsieur Boyard, le locataire :
Son association, *Misères d'Aujourd'hui,*
Agissant pour les pauvres et pour les sans-logis,
Et lui-même, vous commandent expressément
De libérer les lieux et sortir sur le champ !"
(Il pose le document sur la table, en sort d'autres.)
Je vous informe en outre et vous signifie donc
Que je suis porteur d'un arrêté d'expulsion.
Mais n'ayez point d'alarme et soyez rassuré :
Nous autres les huissiers sociaux, nouveaux huissiers,
Et qu'on appelle aussi huissiers mutualistes,
Mais aussi rénovés, ou huissiers humanistes,
Nous avons le souci, dans toutes nos actions,
D'être humains envers tous ceux que nous expulsons ;
Nous avons le respect de leur sécurité,
De leurs droits citoyens et de leur dignité ;
Nous mettons leurs questions et leurs problématiques
Au cœur même, Monsieur, de toutes nos pratiques,
Car nous intervenons dans un souci altruiste.

FRANÇOIS

Vous vous dîtes huissier social, mutualiste,
Nouveau, humanitaire, et je ne sais trop quoi,
Tout ça pour m'expulser et pour faire de moi
L'un de ces SDF pour lesquels j'ai lutté !
Moi qui me suis battu pour qu'ils soient relogés...

MAITRE FAUCON

Aussi, je vous le dis, ne vous alarmez pas !
Car notre profession a rejoint ce combat ;
Et réjouissez-vous ! Bientôt votre logis
Sera un grand hôtel pour tous les sans abris.
Ainsi seront suivis vos buts humanitaires,
Que nous partageons tous, moi et tous mes confrères.
Et c'est à bon escient que l'on vous déménage ;
Non, vous n'êtes pas seul, et moi aussi j'enrage,
Quand je vois tous ces gens si confortablement logés
Qui vivent dans le luxe et dans la volupté,
Pendant que d'autres n'ont pour prétendus logis
Que des lieux insalubres, d'infâmes taudis,
Victimes de marchands de sommeil, de bailleurs
Qui profitent de la misère et du malheur !
Et vous ne risquez rien, car naturellement,
Vous pourrez déposer un dossier d'agrément
Pour obtenir ici une chambre à louer ;
Et cela, sachez-le, grâce à Monsieur Krüger
Qui est, il faut le dire, un homme charitable,
Et, de l'avis de tous, tout à fait admirable.

ROLAND

N'en croyez rien, Monsieur, celui qui vous envoie
Se fiche bien des gens...

FRANÇOIS *(étouffant)*

Ah, je reste sans voix !

ROLAND

Et croyez bien qu'il n'a pas du tout l'intention...

FRANÇOIS

(comme en proie à un malaise)

Roland, je suis au bord de la suffocation !

ROLAND

Et c'est plutôt pour lui qu'il fait saisir ce bien.

FRANÇOIS *(bégayant, s'étranglant)*

Mais... Mais... C'est incroyable !

MAITRE FAUCON

Monsieur, je n'en crois rien !

Le document qui est là, en ma possession,
Indique bien le legs à l'association
Misères d'Aujourd'hui...

FRANÇOIS

L'acte que j'ai signé

Prévoyait que le legs ne serait appliqué
Qu'à ma mort ; une clause indiquait que, vivant,
Je gardais l'usufruit pour moi et mes enfants !

MAITRE FAUCON

Oui, mais une autre clause indique sans conteste
-Et ce document-ci justement en atteste !-
(lisant l'un des papiers qu'il tient à la main)
"Pour le cas où la proportion des sans-abris
Dans vingt départements, mais aussi à Paris,
Aurait par statistique en six mois augmenté
Et que le froid serait de moins de trois degrés,
Misères d'Aujourd'hui et/ou son président
Deviendraient aussitôt, et légitimement,
Propriétaires de toute votre fortune,
La clause d'usufruit n'étant plus opportune."

Et c'est par cet écrit, après constatation
Par moi-même en vertu de l'assermentation
Dont je suis titulaire en l'étude à Paris,
De ce que par malheur, au cours de ces mois-ci,
La part des sans-abris a beaucoup augmenté
Et que le thermomètre a fortement baissé,
Que cette Fondation se trouve dans son droit
En vous commandant là de céder votre toit !

VINCENT
Monsieur l'huissier social, mutualiste ou autre,
Qui nous faîtes ici le pseudo bon apôtre,
Ce poing social pourrait, si vous continuez,
Vous faire ici bientôt une tête au carré !

MAITRE FAUCON
Monsieur, je vous prie, dites à votre fiston
Qu'il calme son ardeur et qu'il change de ton !
Je serais désolé d'alerter la justice
Pour faire intervenir contre vous la police.
Vous occupez, contre la loi, le bien d'autrui,
En privant de nombreux malheureux d'un abri ;
Et je pourrais vous faire expulser sur le champ,
Manu militari et sans prendre de gants.
Ce ne serait en rien de ma part immoral,
Ce serait même juste et tout à fait normal.
Ne méprisez donc pas ma générosité,
Appréciez le bien qui vous est prodigué !
Pour cette fois, au moins, je n'ai rien entendu
Mais veillez que cela ne se produise plus !

FRANÇOIS
Moi, illégalement, occuper ma maison !
Mais jusqu'à quand va-t-on me prendre pour un con,
Aujourd'hui ?*(à Vincent)* Ah ! Je suis bien d'accord avec toi :

Je donnerais très cher pour pouvoir, hors la loi,
Mettre une grosse tête à ce fils d'abruti,
Et lui faire avaler sa morgue et son mépris !

ROLAND
Je vous parle, Monsieur, en tant que l'avocat
Des Boyard, et chargé de traiter le contrat.
Nous avons bien compris la signification,
Et nous prenons acte de votre sommation :
Inutile de nous quereller plus longtemps,
Et il serait bien mieux de sortir à présent...

MAITRE FAUCON
Soit ! Et jusqu'à demain, donc je patienterai
Avant que d'apposer sur le seuil les scellés.
C'est le temps qu'il vous faut pour vider vos affaires,
Meubles, lustres, tableaux, bibelots d'étagères,
A moins que vous vouliez en faire don aussi
A l'association *Misères d'Aujourd'hui !*

SCENE 5

Madame Boyard, François, Vincent, Marianne, Consuelo, Irène, Roland

FRANÇOIS
Tu as bien entendu, maman, et cette fois,
Tu vois bien que je ne dis pas n'importe quoi ?
Tu les as tes tenants...

MME BOYARD
Je suis abasourdie,
Je n'en crois pas mes yeux...

CONSUELO

Non, soyez sen rabie !
Madama, tous les biens dé Mossio, grâce à Dios,
Bous l'abez entendou, iront aux malhéros ;
Et en bous dérobant tout cé que bous abez,
Cé Kroucher fait obra pour la houmanité...

FRANÇOIS

(se jetant sur Consuelo)

Tais-toi ! Je n'en peux plus et de tes insolences,
Et de tes réflexions. Cette fois, ma patience...

ROLAND *(le retenant)*

Allons, François, du calme, et ne t'énerve pas !
Voyons plutôt comment se sortir d'embarras !
Je fonce au tribunal faire une opposition,
Et tenter de bloquer cet ordre d'expulsion...

SCENE 6

Patrice, Madame Boyard, François, Vincent, Marianne, Consuelo, Irène, Roland

PATRICE

Hélas, Monsieur, je viens, et j'en suis désolé
Porteur d'informations qui vont vous contrarier :
Un Monsieur bien placé, ami de ma famille,
Sachant les sentiments que j'ai pour votre fille,
Vient de me contacter pour me mettre au courant
D'un complot qui se trame, un triste événement,
Qui peut faire de vous un homme malheureux !
Votre Krüger, déjà, est allé en haut-lieu
Pour dénoncer, dit-il, une malversation
Dont vous seriez coupable ; et pour confirmation
Il annonce un scandale en un pays d'Afrique,

Qui pourrait entraîner un clash diplomatique ;
Vous seriez, d'après lui, au centre de l'affaire,
En tout cas, c'est ce qu'il a dit au Ministère.
Vous pouvez d'un moment à l'autre être arrêté,
Et mis en garde à vue pour être interrogé !
Et vous risquez surtout de finir en prison,
Ce qui serait pour moi une désolation...

ROLAND

Hélas ! J'avais raison et il se sert de ça
Pour vous discréditer, vous casser et par là,
S'emparer de vos biens et en bonne conscience
Bénéficier pour lui d'une parfaite aisance !

FRANÇOIS

Quel salopard fini, mais quelle pourriture !

PATRICE

Il vous faut fuir, Monsieur, oui, je vous en conjure,
Cachez-vous quelques jours, mais ne restez pas là !
Le temps que nous puissions vous tirer d'embarras...
Juste devant chez vous, ma voiture est garée :
C'est un tacot, ainsi vous pourrez éviter
D'être identifié... Prenez-la, sauvez-vous !
(Il lui donne les clés de sa voiture.)

FRANÇOIS

Partir dans un tacot ?! Moi ?! Mais pour aller où ?
Ah ! Bon sang ! C'est vraiment ma journée, aujourd'hui !

PATRICE

Peu importe, le temps d'appeler des amis,
Leur demander d'intervenir rapidement,
D'alerter là-dessus, oui, le Biprésident !

FRANÇOIS

Vraiment, vous m'épatez, vous avez un grand cœur :

Que n'ai je vu plus tôt votre immense valeur ?!
Et moi qui vous prenais pour un mou, un tocard...

ROLAND
François, tu lui diras tout ça un peu plus tard :
Va, ne perds pas de temps, et fais ce qu'il te dit !
Il te faut te défendre et à la calomnie
Tordre le cou ; et moi je vais mobiliser
Tous nos amis pour qu'on te laisse en liberté,
Intenter un recours...
(François se dirige vers la porte pour fuir ; entre Krüger, avec un commissaire.)

SCENE 7

Le Commissaire, Krüger, Patrice, Madame Boyard, François, Vincent, Marianne, Consuelo, Irène, Roland

KRUGER
Où allez-vous, mon cher ?
Croyez-vous échapper de la sorte à Krüger ?
Non, il faut contre vous que la justice passe.
Vos forfaits sont trop graves pour qu'on les efface.
Monsieur le Commissaire est venu avec moi
Jusqu'en votre maison faire appliquer la loi ;
Car tous ces malheureux, assoiffés de justice
N'aspirent qu'à vous voir livré à la police !
Vous avez voulu vous enrichir sur leur dos,
En vendant frauduleusement des hôpitaux...

FRANÇOIS
Ça ne te suffit pas de m'avoir pris mon bien
Ma femme, mes espoirs, et ne me laisser rien ?!
Il te faut à présent me salir, m'enfoncer,
En me faisant passer pour l'escroc que tu es,
Me prendre mon honneur... Ah, tu n'es qu'une ordure !

KRUGER
Vos insultes, vos cris, vos propos pleins d'injures
De fiel et de rancœur ne m'intéressent pas ;
Et là où je me tiens, ils ne m'atteignent pas.
Je travaille au bien-être de l'humanité
Et je me fiche bien de vos méchancetés.
Il faut œuvrer toujours, et s'en prendre à soi-même
De ce que l'on récolte et de ce que l'on sème...

ROLAND
La leçon vaut, Monsieur, son poids de cacahuètes !

VINCENT
Ah oui, le bienfaiteur des hommes, il est chouette !
Vous avez entendu la leçon de morale...

FRANÇOIS
Oui, je l'ai entendu, et c'est un vrai scandale !
Salaud, tu n'as pas honte et tu as oublié
Ce que j'ai fait pour toi !? Je t'ai nourri, logé,
Aidé de toutes les façons...

KRUGER
Je n'oublie rien,
Monsieur, mais avant tout, je n'oublie pas le bien
Des pauvres. Du vôtre à présent leur intérêt
Diverge : entre eux et vous mon choix est vite fait !

ROLAND
Mais comment pouvez-vous d'un homme si coupable
Et que vous accusez d'être un grand misérable,
Accepter tout le bien...

KRUGER
Mon seul souci, Monsieur,
Il est d'améliorer le sort des malheureux,
De les servir en tout, de leur rendre justice :

Si je peux compenser par là le préjudice
Qui leur a été fait...

VINCENT
Ah, mais quel hypocrite !
Entendre ça... Mieux vaudrait avoir une otite !

KRUGER
Allons finissons-en, Monsieur le Commissaire,
J'en ai vraiment assez de tous ces commentaires,
De m'entendre injurier...

LE COMMISSAIRE
Oui, vous avez raison,
Et il est temps de prendre des résolutions !
Dans tout ce que j'entends, les bornes sont franchies :
Il me faut à présent répondre à votre envie
Et calmer votre ardeur, en exauçant vos vœux,
Rétablir la justice envers les malheureux,
Et ne plus tolérer qu'on se paye leurs têtes...
Et c'est pourquoi, Monsieur, ici, je vous arrête !

KRUGER
Moi, m'arrêter, Monsieur, allons, vous plaisantez ?!

LE COMMISSAIRE
Je ne plaisante pas ! Vous allez écouter
Ce qu'à Monsieur Boyard, non à vous, j'ai à dire...
(A François)
Sachez que vous avez, oui, évité le pire !
Nous vivons aujourd'hui sous un Biprésident
Ennemi de la fraude, et surtout vigilant
Au scrupuleux respect de la démocratie,
De son principe même et de sa théorie !
Tantôt, elle lui dicte un propos socialiste,
Tout empreint de bonté et d'esprit progressiste ;

Et on l’entend parler de solidarité,
De cœur, d'augmentations, d'aides, d'égalité.
Tantôt elle commande un propos de vigueur,
Tout rempli d'une austère et solide rigueur :
C'est alors du marché, des lois économiques
Qu'il faut à tout le monde expliquer la logique.
Et lorsqu'il doit donner enfin du grain à moudre,
C'est selon l'appétit de chacun qu’il saupoudre :
Au riche un gros gâteau, au pauvre quelques miettes,
Lorsque les temps sont bons ; lorsqu'il n'est plus de miettes,
Au riche un gros gâteau, au pauvre des vœux pieux,
Car le très riche est rare, et les pauvres nombreux.
Et par ce Président à la double casquette,
Nos concitoyens sont tous les jours à la fête.
Protégeant sans faiblir le riche, le nanti,
Il sait aussi aider le pauvre, le petit,
Distribuant aux uns du S.M.I.G, du R.S.A,
Des allocations et, pour qu’ils ne s’ennuient pas,
Des chaînes de télé et des matchs de football ;
Aux autres des fonctions, de l’Art, des festivals,
Des titres, des honneurs, de bons gros dividendes,
Des pages de journaux et de larges prébendes.
Il traite également ainsi tous ses enfants,
Il est aimé de tous, il aime tous les gens,
Ceux qui se lèvent tôt, ceux qui se couchent tard,
Ceux qui mènent grand train et mangent du caviar,
Ceux qui vont au Mac Do, et n’ont pas un radis,
Célébrant, tour à tour, le pauvre ou le nanti,
La France populaire et la France d’en haut,
La Droite Financière et la Gauche Bobo !
De son amour des gens il ne fait pas mystère ;
Et comme un divin père ou une bonne mère,
Et donnant à chacun sa part du biberon,
Il est garant de l’unité de la Nation !

Quand il a su ce qui vous était arrivé,
Et comment on vous a dérobé, abusé,
Sa double tête a condamné cette injustice :
L'une a téléphoné au chef de la Police
Et l'autre a alerté aussitôt le Ministre.
Le chef de la police, ainsi que le Ministre,
Ont téléphoné à la Direction Centrale
De la Brigade Criminelle et Générale,
Qui a téléphoné à mon commissariat
Pour que rapidement je vous sorte de là.
Or ce Monsieur était fiché par la police :
Il avait déjà eu affaire à la justice !
Il était recherché pour de sombres pratiques
En France mais aussi dans des pays d'Afrique,
Vendant aux chefs d'Etat, avec des subventions,
Des hôpitaux publics et beaucoup d'illusions.
Son commerce honteux, sa fausse charité
Ayant été là-bas très vite soupçonnés,
Il est rentré en France où sous un autre nom
Il tentait à présent d'acquérir un renom,
Pour devenir ministre et par l'immunité,
Bénéficier d'une totale impunité !
Notre pays regorge de ces imposteurs
Qui fondent leur bonheur sur les pires malheurs
De tous ces pauvres gens qu'une injuste richesse
A dépouillé de tout et mis dans la détresse ;
Bâtissant leurs fortunes, leurs situations,
Sur l'or et le clinquant de leurs belles actions
Ils se font sur leurs dos une glorieuse image.
Mais le Biprésident va faire le ménage :
Il va de la morale et de l'intelligence
Ou de l'esprit civique et de la compétence
Rétablir les vertus et l'efficacité,
Et les valeurs du Bien et de la Vérité !

FRANÇOIS

Ah ! Monsieur, je respire... Oui, mais tout mon argent
Et cette fondation...?

LE COMMISSAIRE

C'était un paravent,
Et le Biprésident pour sa dissolution
S'est prononcé lui-même et sans hésitation :
Les statuts seront donc déclarés illégaux !
Quant à votre contrat, son effet tombe à l'eau,
La partie à laquelle il vous lie n'étant plus,
Il sera déclaré nul et non avenu !

FRANÇOIS

Ça, c'est bien !

CONSUELO

Cetta fois, oun po diré, Mossio,
Qué dans cette affaira, bous abez sou dou po !

MADAME BOYARD

Oui, mon fils, je le crois, et veille à l'avenir
A bien faire attention, et à mieux te tenir !
Tu vois ce qui arrive à ceux qui comme toi
Sont imprudents...

FRANÇOIS

Maman, je t'en supplie, tais-toi !

VINCENT

Je suis vraiment content...

IRENE *(à François)*

Moi aussi, mon chéri,
J'ai eu tellement peur...

VINCENT

Et c'est bien fait pour lui !

FRANÇOIS

Oui, c'est bien fait pour toi, salaud, ça t'apprendra !
(Se jetant sur Krüger)
Et maintenant je peux...

ROLAND *(s'interposant)*

Non, François, pas de ça !
Nous avons le bonheur d'être dans un pays
Où règnent la justice et la démocratie :
Garde ta dignité, ignore cet escroc,
Conserve ton ardeur pour aller au plus tôt
Dire un grand merci à notre Biprésident !
Sans lui, sans la clarté de son discernement,
Qui sait où tu serais ?

FRANÇOIS

Oui, tu as bien raison !
Et sans lui je serais à cette heure en prison,
Ou futur SDF ! Faisons ce que tu dis,
Et louons le Biprésident de ce pays !
Puis il faudra aussi que je rende justice,
Et comme il le mérite, à ce brave Patrice :
Je m'en vais dès demain appeler un agent
Immobilier ; étant ici le bi-parent,
Je compte réserver, pour ma fille et pour lui,
L'un des appartements les plus beaux de Paris !

Fin du Cinquième Acte

Théâtre
aux éditions L'Harmattan

Dernières parutions

REGARD (LE) DE LAURENT TERZIEFF
Brunhes Olivier, Téphany Julien
Ce DVD propose deux documentaires inédits sur l'artiste d'exception qu'était Laurent Terzieff. *Laurent Terzieff et compagnie* d'Olivier Brunhes (1996, 26 minutes), montrant Terzieff au travail dans sa mise en scène de *Meurtre dans la cathédrale. Terzieff par lui-même* de Julien Téphany (2011, 38 minutes) nous fait découvrir à travers les archives de l'INA la carrière de ce surdoué qui a décidé de se retirer du monde des stars pour se consacrer à l'essentiel.
(20.00 euros) *ISBN : 978-2-296-56778-8*

CONTRIBUTION D'UNE OUVRIÈRE DU THÉÂTRE AU BONHEUR DU MONDE – Pratique de l'atelier théâtre
Augier-Jeannin Isabelle
Ce livre témoigne d'une expérience théâtrale qui permet à l'auteure de faire un constat : les techniques qu'elle a acquises et expérimentées peuvent contribuer à un mieux-être en société, et individuel. Ces techniques et les témoignages qui leur sont associés constituent un outil précieux pour les « intervenants » (compagnies théâtrales, amateurs ou professionnels, désireux de proposer des ateliers théâtre en parallèle à leurs activités de création), mais aussi pour les « accompagnants » qui ont un projet éducatif et/ou de société : enseignants, éducateurs, coachs…
*(39.00 euros, 396 p.)**ISBN : 978-2-336-00151-7, ISBN EBOOK : 978-2-296-50712-8*

KASSANDRA FUKUSHIMA SUIVI DE PROMÉTHÉE 2071
Pièces librement inspirées d'Eschyle
Jacques Kraemer
Ces deux pièces forment un diptyque dont le point de départ est le théâtre d'Eschyle : Prométhée enchaîné et Agamemnon. La première, Prométhée 2071, est travaillée par la question du réchauffement climatique et des désordres planétaires qui risquent d'en découler. La seconde, Kassandra Fukushima, exprime la hantise d'une articulation du terrorisme mondial au nucléaire militaire et civil.
(Coll. Théâtre des cinq continents, 10 euros, 64 p., juin 2012)
ISBN : 978-2-296-99061-6

L'EFFROYABLE CHANSON DU POÈTE VOYANT
Jean-Pierre Barbier-Jardet
Le message de cette pièce est axé sur la révolte contre la famille, l'Eglise et les despotes. Y figure la révolution de 1870, la Commune, mais aussi la guerre

d'Algérie et les tortures dénoncées dans le livre d'Henri Alleg, La Question. L'auteur retrace la guerre du Viêt Nam, l'Holocauste, la violence carcérale, comme les événements de mai 1968. L'amour y est présent sous sa forme la plus décriée puisqu'il s'agit d'homosexualité.
(Coll. Théâtre des cinq continents, 10,5 euros, 76 p., juin 2012)
ISBN : 978-2-296-97016-8

APPEL À LA FRATERNITÉ
M'envole, me pose, m'abandonne, résistant aux vents violents
Lucette JASON
Si la culture a un socle, celui-ci se trouve dans la diversité de nos réalisations. Cette oeuvre est un appel à la mise en commun de nos ressources pour mener à bien l'éducation des enfants. Cette démarche diminue les frustrations et la «rage», tout en acceptant d'écouter l'autre. Dans un quartier dit «difficile», Michael est défendu par sa mère, prête à résister. Elle se bat mais pense à la conciliation. Ses pas sont alors ceux de l'espoir.
(Coll. Théâtre des cinq continents, 12 euros, 88 p., juin 2012)
ISBN : 978-2-296-99248-1

CEUX DU PÉRIMÈTRE
Jean Larriaga
Ceux du périmètre sont jetés de chez eux sans ménagement, réduits à attendre que soit désactivée la bombe américaine de 500 kilos mise à jour au pied de leur immeuble. Les évacués attribuent à la bombe toutes les significations possibles. L'aîné d'entre eux, mémoire vivante des raids aériens de 1943 à 1944, affirme qu'il n'y en a jamais eu un seul ici. La peur se fera angoisse, le doute l'affirmation d'un châtiment rien que pour eux. Et pourquoi pas nucléaire ?...
(Coll. Théâtre des cinq continents, 12,5 euros, 112 p., juin 2012)
ISBN : 978-2-296-96241-5

CHAPEAU POUR NOTRE ÉPOQUE ! MI LÉPÔK, PAPA !
Pièce en créole et en français
Henri Melon
Nous sommes confrontés aux affres d'une révolution à l'échelle planétaire. Le mardi noir du 11 septembre 2001 est l'un de ses pics, tout comme «la crise». Dans cette pièce, alternativement comique et tragique, l'auteur rejette une troisième guerre mondiale en tant que solution appropriée au problème de l'humanité contemporaine.
(Coll. Théâtre des cinq continents, 12 euros, 96 p., juin 2012)
ISBN : 978-2-296-99312-9

LA PITIÉ DANGEREUSE
D'après le roman de Stefan Zweig
Elodie Menant
1913, dans une ville de garnison autrichienne, le riche M. Kekesfalva organise un bal costumé en l'honneur de sa fille, Edith, paralysée. Lors de cette soirée, la demoiselle rencontre Anton Hofmiller, jeune lieutenant de cavalerie. Pris de compassion pour elle, l'officier lui tient compagnie et les visites se succèdent.

Edith en tombe follement amoureuse. Comment réagir face à cet amour ? Quelles sont les limites et les dangers de la pitié ?
(Coll. Lucernaire, 8 euros, 84 p., juin 2012) *ISBN : 978-2-296-96646-8*

SOUS MA PEAU, LE MANÈGE DU DÉSIR
Geneviève de Kermabon
Ce texte est écrit à partir d'interviews d'anonymes sur le désir amoureux et d'extraits de l'oeuvre de Grisélidis Réal. Grand cirque de la passion, cabaret du sexe, manège du désir, cette pièce explore le fantasme et la réalité amoureuse dans tous ses états. L'Amour... Faire l'amour... et les autres, comment font-ils ? Que se cache-t-il dans ma tête et dans mon ventre, d'inavoué, de trouble, de sulfureux ? Suis-je normale ? Charlotte ne sait pas, Charlotte ne sait plus. Mais qui sait ?
(Coll. Lucernaire, 13,5 euros, 128 p., juin 2012) *ISBN : 978-2-296-96650-5*

LA MAIN INVISIBLE
Sylvie Jopeck
Les Naudin, famille de patrons, reçoivent Bernard Lubinski, directeur délégué de leur société, et sa femme. Dîner burlesque et tragique où entre séduction et humilitaion, se joue la comédie de la finance et de la fortune tandis que la ruse et le mépris manipulent ceux qui croyaient au pouvoir de l'argent. La Main invisible, celle dont l'économiste Adam Smith écrivait qu'elle conduit l'homme à «remplir une fin qui n'entre nullement dans ses intentions» est le théâtre de ce jeu de dupes.
(Coll. Théâtre des cinq continents, 11,5 euros, 92 p., juillet 2012)
ISBN : 978-2-296-99453-9

ELÉGANCE DES NAUFRAGÉS
Bernard Rongier
Un couple. H pour homme, F pour femme. Devant nous, cependant, deux personnages parfaitement individualisés, et comme le commande toute dramaturgie (ou presque), à la fois opposés et complémentaires. Lui mieux armé, plus à même de mener une barque pourtant fort incertaine ; elle plus faible, dépendante, souffrant de quelque obscure pathologie. Des éclopés de la vie, des laissés-pour-compte, certes. Mais puissamment liés par une sorte de tendresse résistante à l'accablement.
(Coll. Théâtre des cinq continents, 10 euros, 68 p., juillet 2012)
ISBN : 978-2-296-99660-1

MADAME DE VILMORIN
Annick Le Goff, Coralie Seyrig
D'après les interviews d'André Parinaud
La pièce, adaptée des entretiens de Louise de Vilmorin et d'André Parinaud, nous fait découvrir une séductrice et une grande amoureuse dotée d'un humour corrosif. Elle met en scène une femme de lettres étonnante qui se souvient de son enfance, des hommes qu'elle a aimés (Saint-Ex, Cocteau, Gallimard, Malraux) et d'un monde aujourd'hui disparu. Elle nous livre ses réflexions sur la littérature et sur la vie qui passe à la lueur d'une bougie et au détour de quelques interludes au piano.
(Coll. Lucernaire, 8,5 euros, 52 p., juillet 2012) *ISBN : 978-2-296-99412-6*

LA PAIX !

Vincent Colin

D'après Aristophane

« Nous autres les Malgaches, petit peuple vaillant vivant à l'écart des grands enjeux planétaires, avons décidé de nous adresser aux dieux pour qu'ils ramènent la paix sur Terre. » Gageons qu'Aristophane, ne serait pas fâché de voir les comédiens de la troupe malgache Landyvolafotsy s'emparer de cette version très libre de sa fameuse comédie. Le père Lagnole, l'un des leurs, s'élève vers l'Olympe, à l'aide d'une machine volante de sa propre confection, pour réclamer aux dieux la restitution ferme et définitive de cette paix qui leur fait tant défaut sur Terre.

(Coll. Lucernaire, 8,5 euros, 68 p., juillet 2012) *ISBN : 978-2-296-99411-9*

TROIS SOLITUDES

D.A.F. de Sade, Marie Lafarge, Josefa Menéndez

Jean-Marie Apostolidès

Trois individus ayant vécu à des moments différents de l'histoire sont arbitrairement réunis dans l'espace abstrait d'une scène de théâtre. Il s'agit du marquis de Sade, de l'écrivain romantique Marie Lafarge et d'une mystérieuse espagnole, cloîtrée dans un couvent de Poitiers, la soeur Josefa Menéndez. Chacun d'eux revit son existence et sa passion, exacerbée en raison de l'enfermement auquel il est soumis. L'excès, le délire et la mauvaise foi caractérisent leurs discours jusqu'au moment où ces trois vies brisées se rejoignent en un chant collectif.

(Coll. Théâtres, 15 euros, 146 p., juillet 2012) *ISBN : 978-2-296-99191-0*

MARELLE

Michel Cornélis

Un soir de noël, Paul et Lucie se retrouvent à minuit face à un cadeau étrange : une marelle dessinée sur le sol et un livre fermé de sept sceaux. Le chemin de la marelle les emmène sur un parcours initiatique parsemé de personnages étonnants. Au gré de leur rencontre, les deux adolescents vont mûrir et tisser des liens très forts afin de découvrir cette vérité détenue par le livre mystérieux.

(Coll. Théâtres, 10 euros, 64 p., juillet 2012) *ISBN : 978-2-296-99657-1*

L'HARMATTAN ITALIA
Via Degli Artisti 15; 10124 Torino

L'HARMATTAN HONGRIE
Könyvesbolt ; Kossuth L. u. 14-16
1053 Budapest

L'HARMATTAN KINSHASA
185, avenue Nyangwe
Commune de Lingwala
Kinshasa, R.D. Congo
(00243) 998697603 ou (00243) 999229662

L'HARMATTAN CONGO
67, av. E. P. Lumumba
Bât. – Congo Pharmacie (Bib. Nat.)
BP2874 Brazzaville
harmattan.congo@yahoo.fr

L'HARMATTAN GUINÉE
Almamya Rue KA 028, en face du restaurant Le Cèdre
OKB agency BP 3470 Conakry
(00224) 60 20 85 08
harmattanguinee@yahoo.fr

L'HARMATTAN CAMEROUN
BP 11486
Face à la SNI, immeuble Don Bosco
Yaoundé
(00237) 99 76 61 66
harmattancam@yahoo.fr

L'HARMATTAN CÔTE D'IVOIRE
Résidence Karl / cité des arts
Abidjan-Cocody 03 BP 1588 Abidjan 03
(00225) 05 77 87 31
etien_nda@yahoo.fr

L'HARMATTAN MAURITANIE
Espace El Kettab du livre francophone
N° 472 avenue du Palais des Congrès
BP 316 Nouakchott
(00222) 63 25 980

L'HARMATTAN SÉNÉGAL
« Villa Rose », rue de Diourbel X G, Point E
BP 45034 Dakar FANN
(00221) 33 825 98 58 / 77 242 25 08
senharmattan@gmail.com

L'HARMATTAN BÉNIN
ISOR-BENIN
01 BP 359 COTONOU-RP
Quartier Gbèdjromèdé,
Rue Agbélenco, Lot 1247 I
Tél : 00 229 21 32 53 79
christian_dablaka123@yahoo.fr

645114 - Mars 2016
Achevé d'imprimer par

1livre.com
du rêve à la réalité !

38042328R00078

Printed in Poland
by Amazon Fulfillment
Poland Sp. z o.o., Wrocław